我らのお殿様
北《ほう》条《じょう》氏《うじ》重《しげ》

SASAGAWA Toshiyuki
笹川 俊之

文芸社

まえがき

北条氏重《ほうじょううじしげ》は、江戸時代前期の大名で、下総国岩富藩（千葉県佐倉市岩富町）の二代藩主をスタートに下野国富田藩（栃木県栃木市）、遠江国久野藩（静岡県袋井市）、下総国関宿藩（千葉県関宿町）、駿河国田中藩（静岡県藤枝市）、遠江国掛川藩（静岡県掛川市）の藩主を務めた方である。

生まれは、高遠藩で、父親は保科正直、母親は徳川家康の異父妹の多却《たけ》である。つまり、多却の母は、家康の母と同じ於大の方である。幼名は久太郎であったが、土井利勝のはからいで、後北条の一門の北条氏勝の養子となり、下総国岩富藩を継ぐこととなった。その後、下野国富田藩に国替えさせられ、大坂冬の陣では榊原康勝隊に配属、岡崎城や伏見城の警備を務め、遠江国久野藩に国替えさせられた。その後、下総国関宿藩、駿河国田中藩の藩主を務め、最後は遠江国掛川藩三万石を領した。万治元年（1658）10月1日に64歳で生涯を閉じたが、子供が5人すべて女子であったため、嗣子が無く改易となった。

これは、若き日から北条家を引き継ぎ、藩主として藩内の民の声に耳を傾け、町民からも慕われた江戸時代初期の藩主の物語である。

登場人物

北条氏重　（幼名・久太郎）下総国岩富藩、下野国富田藩、遠江国久野藩、下総国関宿藩、駿河国田中藩、遠江国掛川藩の藩主
笹姫　氏重の妻
保科正直　高遠藩藩主、氏重の父
多劫姫《たけひめ》　徳川家康の異父妹、氏重の母
土井利勝　江戸幕府大老、佐倉藩主、氏重の烏帽子親
山本安兵衛　氏重の守役、関宿藩家老、田中藩家老、掛川藩家老
並木善衛門　岩富藩家老、富田藩家老、久野藩家老
萩田隼人　氏重の幼友達、田中藩重臣、掛川藩重臣
笹川藤七　岩富、富田、久野、関宿、田中、掛川の各藩の勘定方重臣
河野作十郎　関宿藩重臣、田中藩重臣、掛川藩家老
堀内重勝　田中藩重臣、掛川藩重臣、掛川藩家老役

目次

家系図

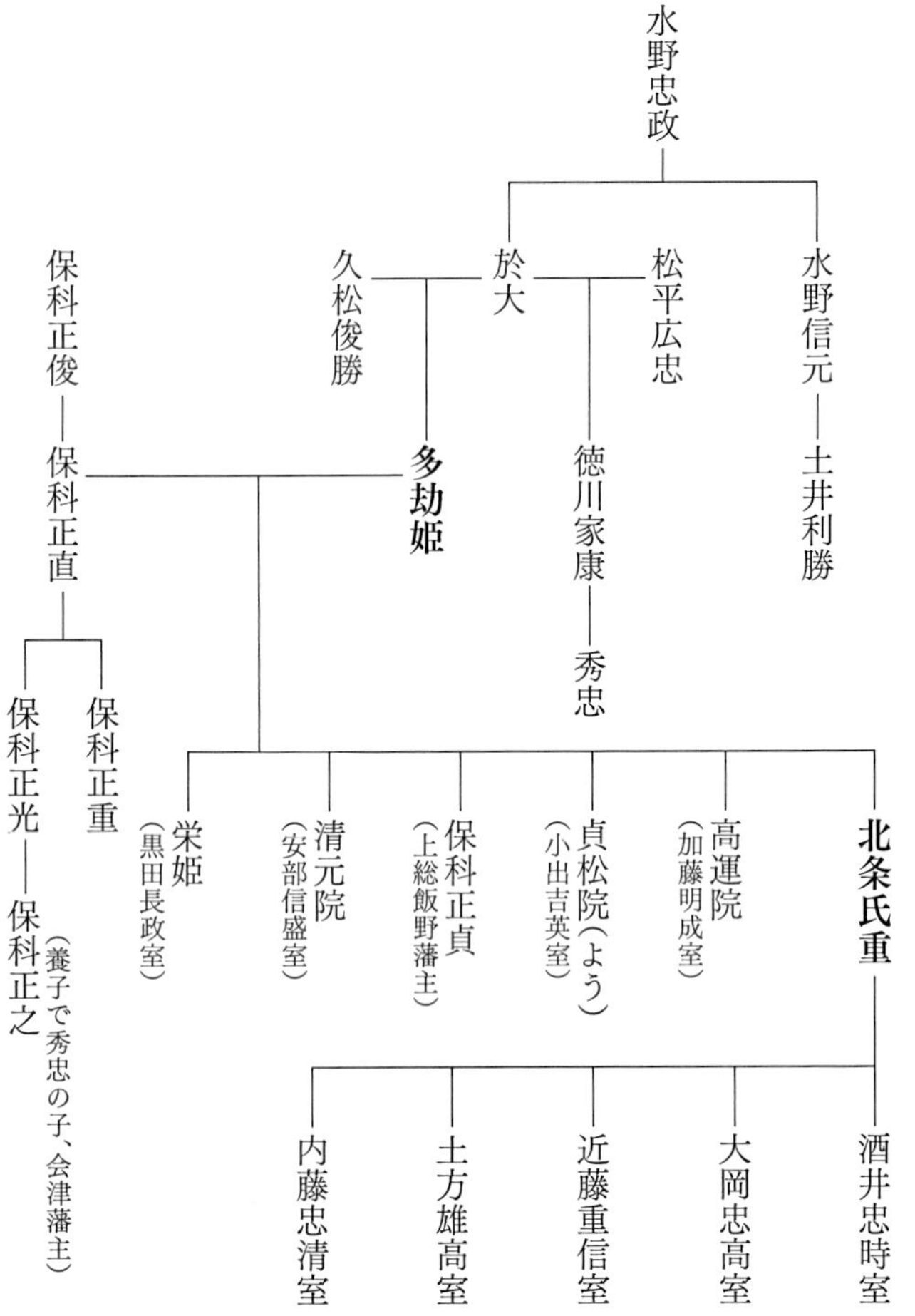

水野忠政
水野信元
土井利勝
松平広忠
於大
久松俊勝
徳川家康
秀忠
多劫姫
保科正俊
保科正直
保科正重
保科正光
保科正之
（養子で秀忠の子、会津藩主）
北条氏重
高運院
（加藤明成室）
貞松院（よう）
（小出吉英室）
保科正貞
（上総飯野藩主）
清元院
（安部信盛室）
栄姫
（黒田長政室）
酒井忠時室
大岡忠高室
近藤重信室
土方雄高室
内藤忠清室

我らのお殿様　北条氏重

第1章　戦国時代の終わり

小牧長久手の戦い～関が原

戦のない平和な世を作ることを目指し強力に日本国内を平定してきていた織田信長が、明智光秀の本能寺の変で散ってから2年がたった天正12年（1584）7月の暑い日であった。保科正直と多劫姫《たけひめ》の祝言が高遠城で執り行われていた。この年の秋には豊臣秀吉と徳川家康の戦いである小牧長久手の戦いが繰り広げられる年でもあった。

祝言の日、正直と多劫姫は、正直のご両親の保科正俊夫妻のもとで祝言をあげ、多劫姫のご両親の久松俊勝と於大の方や、父親が松平広忠で異父兄弟の徳川家康からもお祝いの品が数多く届いた。

小牧長久手の戦いは、信長亡き後、羽柴秀吉が信長の三男信孝や柴田勝家を賤ヶ岳でやぶり織田家の実質的な後継者となっていく。しかし、これを見て面白くないと思っていたのは信長の次男であった織田信雄である。信雄は信長の死後伊勢、尾張の領地を与えられさらに長男の信忠も信長と共に死んでいたため、本当なら後継者になるはずだった。しかし、信長の後継者選びの会議である清洲会議にて後継者となったのはまさかの信忠の息子である三法師（当時3歳）。信雄が後継者になることはなかった。さらにこの後継者を選んだのが秀吉だったのである。これがきっかけで秀吉と信雄の関係は一気に冷え切ってしまう。信雄は秀吉と張り合うために信長の同盟者であり三河などの中部地方を治めていた家康と同盟を結んだ。

家康は急激に勢力を拡大していた秀吉に危機感を感じており、どうにかして止めなければいけないと思っていた。そこで信長の次男と同盟を結び大義名分を得た。

紀州の雑賀衆や四国の長宗我部、さらに関東の後北条家などの反秀吉派の勢力を集め、信長包囲網ならぬ秀吉包囲網を結成していくことになる。

一方の秀吉も信雄を潰すために信雄の家臣だった3人を寝返らせる工作を行って信雄を挑発する。この工作によって家臣の寝返りに怒った信雄が、その寝返った家臣を処刑。さらに秀吉に対して宣戦布告を行い、こうして戦いが始まった。秀吉は信雄の領土であった尾張犬山城を占領。それに対抗して家康は近くの小牧山城に入り、両軍は対立状態に突入していく。

秀吉の家臣であった森長可と池田恒興は家康を攻撃しようとしたが、これは失敗。20日以上こう着状態がまだ続く。

これに焦った池田恒興は秀吉に対して奇襲攻撃を提案した。その内容は小牧山城にいる家康を引きつけながら2万の大軍で家康の領内にある重要な城であった岡崎城を攻めるというものだった。

これが成功したらもはや勝ちは確定。秀吉は早速甥の羽柴秀次に2万の兵を与えて岡崎に進軍する。しかし、家康はそんな羽柴軍の動きを察知していた。2万の大軍が移動していたら情報はすぐに家康に入る。

家康はそんな羽柴軍に対して逆奇襲を行うために家臣であった榊原康政と井伊直政に対して9千の軍を与えて攻撃を開始した。

これを長久手の戦いという。奇襲を受けた羽柴軍は大混乱。総大将だった秀次は命からがら犬山城に戻るが、池田恒興と森長可はこの戦いによって討死。2万の大軍は壊滅してしまう秀吉最大の敗北となってしまった。まさかの大敗北を喫してしまった秀吉。さらに西では長宗我部元親が四国を統一し、秀吉は小牧長久手の戦いに集中できなくなっていた。

そこで秀吉は最後の賭けに打ってでる。秀吉は家康と戦うのではなく信雄単体と戦う方針に変更し、信雄の領土であった伊勢を攻めた。

羽柴軍は長久手の戦いで壊滅していたが、まだ5万の大軍がいたため信雄は秀吉の攻撃に耐えられなくなりついに秀吉と和睦（仲直り）してしまう。信雄が秀吉と和睦したことは家康に伝わる。実はこの和睦は家康には一切伝えられておらず、信雄の独断の行動だった。

信雄が秀吉と和睦したことで家康が秀吉と戦う大義名分は失われ、家康も秀吉と和睦しなければいけなくなってしまった。

こうして小牧長久手の戦いは終わりを迎えた。さらに秀吉は小牧長久手の戦いの直後に関白に就任。実質的に天下人となった。

その後、文禄の役、慶長の役を経て、慶長3年（1598）豊臣秀吉が死去した。

関ヶ原の戦いで豊臣と徳川が戦い徳川が勝ち、徳川家康が江戸幕府を開いた。

第2章　誕生から初めての藩主へ（岩富藩）

文禄4年（1595）、豊臣秀吉と淀殿の子、豊臣秀頼が生まれて2年がたった春の日、秀吉が朝鮮出兵と秀頼誕生で我が世の春を謳歌していたころ、信濃の国高遠でひとりの男児が誕生し久太郎と命名された。

父親は、保科正直で高遠城主、後に下総多胡藩主、母は、於大の方の娘の多劫姫で、徳川家康とは異父兄妹である。この二人の間には一男四女の兄姉がいて、男の子がほしいと願っていたところに、男の子が生まれ、高遠藩にも春がきたような、明るさがあった。また、この子の誕生に、大いに喜んだのは、祖母の於大の方と祖父の保科正俊であった。保科正俊は、この子の誕生を見てその年の夏にこの世を去ってしまう。於大の方は、このときは京都に住んでいたが、久太郎が気になり、7歳の誕生日まで毎年、5月の節句には、季節のおいしいものを送り届けてくれた。

両親の保科正直と多劫姫は、当時、秀吉から朝鮮出兵の伝令がいつ来るか不安だった。

加えて子供が男一人では、たよりなく、安産と男児が生まれることを諏訪神社にお祈りしていた。結果、願いどおり男児が生まれ、大いに感謝し諏訪神社には多額の寄進を行った。

末っ子の人気者、4人の姉にかわいがられる

保科家に男児が生まれ、城下では、部落ごとにお祝いの品を定め、代表者が城に出向きお祝い品の贈呈とお祝いの言葉を述べ、お城方は、紅白餅を配った。

また、久太郎には4人の姉がいて、生まれたばかりの久太郎の周りに集まり、「かわいい」、「お父様にそっくり」、などとはしゃぎまわっていた。初参り、お食い初め、端午の節句などの行事には、4人の姉が奪い合うように久太郎を抱っこしてかわいがった。

久太郎が歩き出してからは、外にも連れ出し、ころんで泣き出すこともあった。

久太郎が4歳になるまでは、姉と出かけることが多かったが、その後は7歳年上の兄が久太郎を連れ出し、地元の男友達とかくれんぼなどの遊びを教えてくれた。友達の中には、久太郎と同じくらいの子供もいて、久太郎はこの遊びが気に入り、その後よく遊びに出かけるようになった。

久太郎が5歳になった時、高遠のお城の中がざわついているのを感じた。しばらくする

と侍たちが戦の準備をして殿様の指図を待っていた。

久太郎は、守役の山本安兵衛に「お城の中が騒がしいが何事があったのか」と尋ねた。

安兵衛は、「この日の本を二つに分けて、東と西とで大戦がはじまるのです。西は、今まで豊臣秀吉というこの日の本一の武将が亡くなってそのあとを引き継いだ石田三成という武将が筆頭の豊臣方と、東は、久太郎さんの伯父さんにあたる徳川家康公の戦いです。この高遠の殿様も戦に加わるためその準備をしているのです」。

しばらくして高遠の殿様とその家来は戦に出かけ静かになったが、すぐに戦は終わり高遠に帰ってきた。そして帰ってきた皆が、徳川殿の勝利を喜びあっていた。

これを見ていた久太郎は、伯父さんが勝ったんだと思った。

久太郎は安兵衛に「伯父さんが勝ったみたいだけど、これからどうなるの」

「徳川の伯父さんが勝ったので、これからは伯父さんが日の本でいちばん偉い人になるんです」

「へえぇ、伯父さんはすごいね」

「日の本一の人が伯父さんである久太郎さんもすごい人ですよ」

「そうかなぁ」と言って笑った。

久太郎が6歳になったある日、お城の中がなにか騒がしく、人の行き来が激しく感じた。安兵衛に何事が起きたか尋ねたところ、

「お父様の保科正直様が、伯父さんの徳川家康様が関東に行くことになって、一緒に下総国の多胡に一万石の領地が与えられました。多胡が落ち着くまでお父様は多胡に行くことになったのです」と言われた。久太郎は、「お父さんがいなくなるの？　戻ってこないの？」と言って心配になったが、「しばらくしたら戻ってくるよ」と言われ一安心した。

ガキ大将　高遠の野山を駆け回る

7歳になった久太郎は、お母さんから、「お前は殿様の子だから、地元の子供たちと遊んではいけません」と言われ始めるが、久太郎は、いつも、「剣術の稽古に行ってきます」と言って城を抜け出し、よく子供たちが集まる場所に行って、子供たちを集め、その子供たちを2つに分け、大将や兵隊を決め、戦ごっこで遊んでいた。戦ごっこではいつも大将で、負けると、もう一回と言って、日が暮れるまで遊んでいた。また、小川に10人くらいで出かけ、上流と下流を堰きとめ、川さらいを行って、魚をとったり、山に行ってウサギや雉を弓で獲ったりして、高遠の野山を駆け回っていた。

ある時、遊びまわっている久太郎を見て、お母さんは、今日こそは、遊びにいかせないで漢文の読書をさせようとして、守役に命じて、外に行かせないようにした。ところが久太郎は、家の中にいると寒いと言って羽織るものをもらい、それをかぶって漢文を読んでいた。しばらくして、お母さんが漢文を読んでいるか見に来たが、おとなしく読書をしているのを見て一安心して引き上げた。これを待っていたように、口笛で鳥の鳴き声を発すると、一人の若者が庭に来て、すぐに、部屋に入れ、打ち合わせどおり、羽織を頭からかぶり、漢文を読むまねをした。久太郎は、交代で庭に出てそのまま城外の子供たちが遊んでいる場所にいき、遊んでいた。お母さんは、時々、久太郎が部屋にいるか見にきていて、羽織をかぶったままの子供がいることを確認し自分の部屋に戻って行った。その後、もうそろそろ、漢文を読むのも飽きてくるころと思い、みかんをもって久太郎の部屋に行くと、そこには、地元の子供が寝ていて、久太郎がいなかった。お母さんは、何ですか、起きなさいと言って地元の子供を起こして尋ねたが、その子供は、久ちゃんに頼まれたんです。ごめんなさい。と言ってわびた。この日久太郎は帰ってきてからお母さんに厳しくしかられた。しかし、翌日は、お母さんから自分の部屋で勉強するように厳しく言われ、部屋の中で、戦の研究をしていると、庭が騒々しくなっていて、庭に出てみると、子供たちが迎えにきているのであった。久太郎はみんなと一緒に遊びにでかけ夕方お城に戻ろうとすると、今度はお母さんから言い含められた守役が、城に入れないように立ちふさがった。久太郎はしかたなく、仲間をたずね泊めてもらおうとしたが、仲間の親が、殿様の子とわかりお城に一緒に行った。そのころお城では、久太郎を城に入れずに追い返したものの、何かあったら大変ということで、探しに行こうということになっていた。そこに帰ってきたので一安心したものの、久太郎自信は、みんなに迷惑をかけたとの思いがふつふつと沸いてきた。お母さんはじめお城の人と仲間のお父さんに心の中で「ごめんなさい」と言った。

この晩、氏重のお母さんの多劫姫は、父の保科正直に、「最近の久太郎はいたずらが過ぎます。殿からも厳しく言い含めてください」とお願いした。

翌日、正直は久太郎を書斎に呼んで「久太郎、だいぶ成長してきたな、いたずらではめをはずすのも良いが、家臣や友達の親のことも考えて行動しなさい。大事なことは、家来や藩の民の者も皆、人であることは同じだ、人には平等に接し、その相手を思いやる心を忘れないように、社会に役に立つ人になりなさい。そして、自分が正しいと思ったことは思い切りやりなさい」と励ました。

「父上、わかりました。励ましのことばありがとうございます」と言って書斎を出た。

その後、この年に、父親である保科正直がこの高遠で亡くなった。氏重は「お父さん、いたずらばかりしてごめんなさい。でも、これからはいい子になるよ。お父さんから教えてもらったことは忘れずに必ずやるからね」と言ってお別れの言葉とした。

久太郎が8歳になった慶長8年（1603）にお城に早馬が来た。

久太郎は、守役の山本安兵衛に

「安兵衛、早馬が来たが何かあったのだろうか」

「聞いてまいりますので、少しお待ちください」と言って安兵衛は重臣に確認した。

「久太郎様、伯父の徳川家康様が朝廷から征夷大将軍に任命され江戸に幕府を開いたとのことです」

「それはどのようなことなのだ、幕府とはなんだ？」

「徳川家康様がこの日の本一の武将になられ、幕府というのは、この高遠などの地方を含めすべての日の本の土地や藩を取り締まるというものです。ですので、幕府の指示には従わなくてはなりません。幕府を倒そうとすれば、反対に幕府軍や幕府の命令で加担する藩から攻められてしまいます」

「しかし、私は、京都にいる天皇が一番えらいと聞いていたがそうではないのか」

「確かに天皇もえらいお方ですが、天皇は神様につながる日の本の家系で民が神様を敬うように天皇家を敬ってきました。しかし、そこに平家や源氏などの武家が出てきて、戦をするようになり、その戦を制してきた武士一団が日の本一となる天下をとるようになりました。豊臣秀吉がその天下をとり、天皇の家系でない日の本一の位である太閤となりました。その太閤秀吉が亡くなった後、先般の関ヶ原の戦いで勝った久太郎様の伯父の徳川家康様が天下を取って、幕府を開いたのです」

「家康様は太閤になったのですか？」

「いいえ、家康様は、太閤などの位はどうでもよく、いかにして日の本を戦のない世の中にするか、日の本すべてのお城や藩を見守るためにどうするかを考え、天皇家から征夷大将軍に任命され幕府を開いたのです」

「なぜ家康様は幕府を江戸に置いたのでしょうか」

「江戸は徳川様が入って大きく変わって、今では多くの町屋ができ大変にぎわっていると聞いております。また、江戸から、東海道、中山道、日光街道、奥州街道、甲州街道の五街道が伸びて、交通の要衝でもあるそうです。そして京都には京都所司代を置くそうです」

「そうか、早く江戸に行ってみたいものだ」

その2年後、慶長10年（1605）、久太郎が10歳の時、また幕府からの早馬が来た。

また、安兵衛に「今度の早馬はどのようなことを告げに来たのだろう」

「今日の早馬は、将軍が、徳川家康様から秀忠様に代わったとの連絡です」

「それはどういう意味なんだろう」

「それは、征夷大将軍になった徳川家康様は、まだ豊臣の残党がいるなかで、徳川家がこれからも末永く将軍になるという意味を込めて、将軍職を秀忠様に早いうちに引き継いだと聞いております。ただ、家康様はこれからも秀忠将軍を高い位置から補佐していくと思われます」

「そうか、私の従兄弟が二代将軍になったのか。幕府に協力しなくてはならないね」

「そのとおりでございます」

そして慶長12年（1607）、徳川家康は江戸から駿府に移っている。

徳川家康との出会いと元服

慶長14年（1609）、久太郎が14歳になったある日、母が駿府の徳川家康様のところに行くので一緒についてくるようにとのことで、駿府に出かけた。少し長旅ではあったが、街道を進むにつれていろいろなものがあることに驚き、感激もした。駿府に入ったところで母に「お母さま、ここが徳川家康様のいる駿府ですか、高遠とは全く違いますね」と感心するばかりであった。駿府城に入るとはるかかなたに天守閣が見え、ここからもう城内であることを聞かされさらにびっくりした。高遠とは比べ物にならない大きさで度肝をぬかされた。その中を進むにつれすれ違う者すべてが母に頭を下げているのにもびっくりであった。

「母上、今日、会う家康様は、母上のお兄さんと聞いていますが、母上のお兄さんはすごい人なんですね」

「そうよ、日の本で今一番偉いかたですからね。4年前に、征夷大将軍の座を二代将軍の秀忠様に渡して今は駿府に隠居しているところです」

「それでは、今は幕府のお仕事はしていないのですか」

「そうではありませんよ、幕府の仕事の中でも大事なことは、江戸の秀忠将軍が、家康様に相談しにくると聞いています」

「そうですか。家康様は、私から見ると伯父さんになるのですね。将軍秀忠様は私の従兄弟ですね」

「そうですよ。あなたも将軍家の一族としてしっかりしなければいけませんよ」

しばらく、控えの間で待たされてから、謁見の間に通され、家康を待った。しばらくして、家康が現れ、「お多劫は元気だったか」。

「はい、なんとか元気で過ごしています。お兄さんは、将軍職を秀忠様に譲って今は何をしているのですか？」

「私は今は、のんびりと気候がよいこの駿府で老後を過ごしているところだよ」

「でも、時々は秀忠様からの相談もあるのでしょう」

「たまにはな、あまり難しい話は好まんのじゃが、しょうがないのお」

「馬に乗ったり、鷹狩りなどにも行かれますか？」

「体のことを思うと、寝てばかりではいけないと思い、たまには馬に乗ったり鷹狩りにも行っているよ。最近は、三保の海岸で地引網で魚を獲ると多くの魚が獲れるので、獲れた魚を振る舞うのが今一番の楽しみだよ」

「そうですか、それはようございましたね。ところで、今日ここにいる者は私の末の子供で、久太郎といいます。お見知りおきください」

「おおそうか、久太郎さんは、いくつになられたのかな？」

「はい、14歳でございます」

「得意なものは何かあるのかな？」

「はい、戦の陣取り合戦が得意です」

「おおそうか、勇ましいんだね。でも、そろそろ元服しなくてはいけないね」

「お兄さんそうなんですよ。どなたかいい烏帽子親になる人はいませんかね」

「それなら、土井利勝がいいだろう。彼は、今、秀忠の側近として働いているので、久太郎さんも、秀忠を支えてもらいたいのでなぁ。さっそく、土井利勝に連絡しておこう」

駿河から帰って1週間もたたないうちに、土井利勝の使者が来て、小見川藩の小見川城で元服の儀を行う旨連絡があった。このとき、父親の保科正直はすでに他界し、母も高齢であったので、久太郎と守役の山本安兵衛の二人で行くことになった。

下総小見川藩に行く日、母親に挨拶しに行くと、母親から、「土井利勝様は、私の従兄弟に当たる人で、徳川家康様の従兄弟にも当たります。久太郎もこれからお世話になる人ですので、これからも面倒をみてもらうようよろしくお願いしてくるのですよ」と言われ、一通の文書を預かった。

高遠を出て5日目に、小見川城に着き、土井利勝に到着の挨拶を行った。

「土井様、初めてお目にかかります、高遠から来た保科久太郎です。よろしくお願いします」

土井利勝から、「遠くから、よく来てくださった。駿府の大御所様からもよろしくと言われているので、さっそく明日にも元服式を執り行おう」と言われた。久太郎はお母さんから預かってきた手紙を渡した。

翌日、厳かに元服式が執り行われ、名前は、お母さんから預かってきた手紙に書かれていた名前「氏重」と決まった。

土井利勝は、半紙に氏重と書いて床の間にはり、

「久太郎さん、お母さんからの命名は氏重でした。いい名前だ。久太郎さんにはぴったりだ」

「土井様、本当にありがとうございました」

元服式が終わり久太郎改め氏重は、土井利勝からゆっくりしていきなさいと言われたので、2~3日泊まらせてもらうことにした。2日目は、異母兄弟の保科正光が城主を務めた多胡城に向かった。城とはいうものの、丘の上に建物がある程度で少しさびしい感じがした。

翌日は、ゆっくりと帰り支度をして過ごし近くでおみやげなどを見繕った。帰る日には、烏帽子親である土井利勝に挨拶して小見川城を後にした。

小見川から高遠に帰った氏重は、お母さんに報告し、城主でお兄さんである保科正光に挨拶して、城下の者に元服して氏重となったことを伝えた。

北条氏勝の養子縁組

北条氏勝は、後北条（鎌倉時代の北条ではなく、小田原の北条早雲の後継）の一族で徳川家康と戦ったこともあったが、豊臣秀吉の小田原征伐の際は本拠地である相模玉縄城に籠城し、家康の家臣である松下三郎左衛門などの説得により降服した。その後、下総方面の豊臣勢の案内役を務めて北条方諸城の無血開城の説得に尽力した。この功を評価され下総国岩富藩初代藩主に抜擢された。

北条氏勝は領内検地など基盤整備を進める一方、関ヶ原の戦いでも功績を重ね、徳川秀忠からの信頼も厚かった。慶長16年（１６１１）享年53歳で亡くなった。

亡くなる1年前に隣国の佐倉藩に土井利勝が藩主として赴任しており、子供がいない氏勝は、自分の後継を土井利勝に相談していた。土井利勝は、北条家がなくなるには惜しいと考え、自分が烏帽子親となった保科氏重を養子にして、北条を継がせることを将軍秀忠に進言して許可を得た。

この朗報は、すぐに高遠に届いた。高遠城主である保科正光から、

「氏重、土井利勝様から書状が届き、お前を北条氏勝殿の養子に迎え、下総国岩富藩の二代藩主なるようにとのことだ」

この話を聞いた北条氏重は、「えええ、私が藩主になるのですか?」とまずはびっくりした。そして城主で兄の正光から「いいな、もう一国一城の主だぞ。よかったな」と言われ、北条氏重は16歳で下総国岩富藩の藩主に決まった。これを聞いた母親の多劫は大いに喜び、「氏重、よかったね。場内に餅をふるまうよう指示しなさい」と言って城内あげてお祝いした。氏重は、近くの遊び友達を城に集めお別れ会を開催した。

「みんなには大変お世話になった。俺は下総国岩富藩の藩主になるけど、俺についてくる者はいないか」と聞いてみた。その中のひとり隼人が、「久ちゃん、いや、氏重様がお殿様になるのなら、俺も、家来としてついていきたい」と申し出た。氏重は、「隼人、一緒に行ってくれるか」と確認し、「それなら、お父さんとお母さんに相談してきな」と告げた。

翌日、隼人と隼人の親が一緒に来て、「氏重様、うちの隼人を連れて行ってください。

まだ、はなたれ小僧ですが、厳しく鍛えてください」隼人も挨拶しなさいと言われ「氏重様、よろしくお願いします」と言い、これで晴れて家来の第一号となった。

その午後、母から呼び出しがあり、母の御前に上がると、母から、「氏重が岩富藩に行くにあたり、あなたの家老として並木善衛門をつけるので、善衛門からいろいろと教わりなさい。それに守役の山本安兵衛も同行させるから頼りにしなさい」と言われた。

氏重は並木善衛門と山本安兵衛に「これから一緒に行って岩富藩を立ち上げてくれ。よろしく頼む」と言った。

善衛門から「殿、藩主になること、ほんとうにおめでとうございます。微力ながら岩富藩の立ち上げに誠心誠意努めさせていただきます」

安兵衛から「私も、氏重様について行き一生この体を捧げます」と言ってくれた。

氏重は安兵衛に「岩富藩というところはどんなところか知りたい、調べてください」とお願いした。

安兵衛はすぐに調べ、氏重に「岩富藩がある下総地域は、昔、千葉氏一族の白井氏が支配していましたが、享徳３年（１４５５）の享徳の乱で原氏がこの地域を統治し、文明４

年（1472）に原景広が岩富城を築城しました。天正18年（1590）に原氏が千葉氏とともに徳川方に滅ぼされると、徳川家臣になった北条氏勝が鎌倉の玉縄城より一万石で移封されました。その後、北条氏勝に子が無かったため今回氏重様に白羽の矢が立った次第です」

「なるほど、わかった、ありがとう」

初めての藩主、岩富藩へ赴任

いよいよ岩富藩に赴任の日が来て、お母さんから「氏重、岩富に行っても体だけは気をつけなさいね、そしてたまには私に手紙をよこしなさいね」と言われ、氏重は「母上、ありがとうございました。岩富藩に行っても元気で頑張ります。行ってきます」と言って、氏重、善衛門、安兵衛、隼人の4人で高遠を出た。街道は中山道で江戸に向かい、江戸についた氏重一行は、江戸城の広さ、立派さに驚き、また、城下のにぎわいにも驚いた。その後、土井勝利の居城である佐倉城に立ち寄り、土井利勝に挨拶した。

「土井様、先般の元服の儀ありがとうございました。また、このたびの北条家との養子縁組も誠にありがとうございます」

「氏重殿、あなたは運がいいね、北条氏勝殿には世継ぎがいなく、このままでは、北条家が無くなってしまうところでした。そのとき、貴殿のことを思い出し、養子縁組を進めることになったのです。ほんとうに、丁度よかったです」

「でも、私は未熟者ですので、藩主の器ではありませんが、これからのご指導よろしくお願いします」

この時、土井利勝から「最初は誰でもわからないことばかりです。聞きたいことがあれば何なりと言ってくだされ」

「わかりました。またご指導よろしくお願いします」

「そうしたら、氏重殿、地元に詳しい家来を持ったらどうですか。この者は笹川藤七といい、この下総出身ですが先祖は郡山から来たと言われております。この者を家来にしたらいかがですか」と控えていたひとりの武士を紹介された。

「それはありがたいです。笹川藤七様よろしくお願いします」と言った。

土井利勝は「藤七、そなたは良いか」

藤七は「かしこまりました。北条氏重様、これからよろしくお願いします」と言って、氏重は笹川藤七を家来にすることとした。

笹川藤七は、土井利勝が小見川藩主であったとき16歳で地元の子として家来にしていて、元気で機転が利く子で勘定方が得意であった。今は20歳になり佐倉城内で活躍していたが、北条氏重も岩富藩藩主になるので勘定方が得意な家来も必要だろうということで、土井利勝からお祝いの意味で家来を一人つけてくれたのだ。

氏重は、高遠の4人に笹川藤七を加えた5人で岩富城に入った。

氏重は岩富城に入る前、子供のころ、お父様から、「家臣や友達の親のことも考えて行動しなさい。大事なことは、家来や藩の民の者も皆、人であることは同じだ、人には平等に接し、その相手を思いやる心を忘れないように、社会に役に立つ人になりなさい。そして、自分が正しいと思ったことは思い切りやりなさい」と教えられたことを、常に頭に入れていた。

岩富藩の殿様になってもこのことは忘れずに、自分の行動の基準にしようと心に決めていた。

今までの藩主北条氏勝はすでに亡くなっていたので、岩富城に入ったところで、出迎えた城代の西山源蔵が、丁寧に迎え入れてくれた。

広間に着座したあと、西山城代から藩の役職についている者の紹介があった。その後、新しく入城した5名の自己紹介があり、一旦は休憩となった。

この夜の宴会では、新城主を迎え、氏重の口上から始まった。

「私が、高遠藩から来た氏重である。以後、よろしゅう頼む。私は、仲良く笑って過ごすことが好きじゃ、皆も、気軽に声を掛けてくれ、今日は歓迎会だから無礼講で行こう」と口火を切った。次に城代の西山源蔵が「氏重様、藩主着任、おめでとうございます。我ら岩富藩の一同、至らぬ点があると存じますが、北条氏重様を全面的にお支え申し上げますのでよろしくお願いいたします」と着任の挨拶をした。その後、酒の飲みまわしが続き、笹川藤七から、「氏重様、私は未熟者ですが、殿にご迷惑をおかけしないように一生懸命頑張りますのでこれからよろしくお願いします」と改めて酒を進めながら挨拶があった。

氏重は「なにをいう、私は、藩主は初めてだし、この地も土地勘がない、そなたが頼りじゃ。それに、そなたは銭勘定も得意と聞いておる、これから本当によろしく頼む」

藤七は「承知いたしました」と言った。

その後、善衛門の高遠踊りが披露され城内が大いに盛り上がった。

翌日からは、5人揃っての城内の案内があり、午後からは、藩内の組織、しきたりの説明がなされた。

3日目からは、それぞれに分かれ、藩主としての役目、城代としての役目、近隣の藩とのきまり、勘定方の説明などの引き継ぎが行われた。

それから1週間があっという間に過ぎ、氏重は暇を見つけて隼人と藤七を呼び、「毎日城内で過ごすことは苦痛だのうぉ。お前たちもそう思わないか」と二人に言った。「氏重様、たまには、城を抜け出し町内の日常の生活を見てみましょうか？」と藤七が言うと、隼人は「それがいい」と同調し、「殿様、明日、城を抜け出すことにしましょう」と打ち合わせ、翌日実行した。その方法は、乗馬の練習といって、氏重は馬に乗り、二人は徒歩で馬の後に続き、近くの神社に行った。あらかじめ隼人が用意していた、町民の衣装に衣替えして街中に繰り出した。

氏重から、「やはり、自由に歩き回れるというのはいいもんだなぁ」と独り言うと、「やっぱり、お城の中だけじゃ、肩がこるよ」若い隼人が言い、「お城を出て社会見物も大切な日課だよ」と藤七が言った。

街中には八百屋、魚屋、乾物屋、小物屋などがあり、人々が売り買いしていた。少し歩いた所に蕎麦屋があり、氏重は、「おい、藤七、隼人、信州の蕎麦はおいしかったが、この蕎麦はおいしいか食べてみようじゃないか」と言って、暖簾をくぐった。蕎麦屋は、若い娘とそのお父さんとお母さんで店を賄っていた。その若い娘に3杯の蕎麦を注文した。そして出てきた蕎麦を食べたところ、「これは、かつおのだしがきいていてうまい」ということで3人は、意見が一致した。蕎麦を食べ終わった後、氏重は、2人に対し、「俺はなぁ、せっかく藩主になったので、藩の民が困っていることを解決したいと思うがどうだ」と言い、2人も「それはいいことだ、ぜひお願いします」と氏重に言った。しかし氏重は、「まだ俺は藩主になったばっかりで、この藩のこともよくわかっていないので、その構想はあるんだが、まだ、城代の西山源蔵には言えないよな」と言った。

この後、町内を少し見て、お城に戻った。

翌月も、このように抜け出し、町屋の店にも立ち寄り、買い物や、店の女の子にも声をかけ城に戻った。

こうして半年が過ぎたころ、3人での城の抜け出しは月に2回程度行っていて、3人はそれぞれ気に入った町娘を見つけていて、話題は、町娘のことでもちきりであった。

町中に出た時の氏重の呼び方は、氏助にしてあり、隼人が「蕎麦屋の娘がかわいいな」と言っていたのを藤七は聞いて「隼人、蕎麦屋の娘はだめだ、あの娘は氏助が目をつけている。だからおまえはあきらめよ」

隼人は「そうかい、じゃあ、俺は、魚屋の娘にするか」と言って笑った。

氏重は、高遠にいたころから、剣の道は、藩内一の達人から教えてもらい、山に行って木刀で自己流の稽古をしていたが、岩富藩に来て、藤七から利根川の川向こうに鹿島神宮があり、昔、塚原卜伝がそこで修行し、今も道場があると聞いて、時々、その道場に通った。剣の道は少しずつではあるが上達していった。道場からの帰り道で、ヤクザ者と町人がけんかしているところにさしかかり、けんかの仲裁にはいった。「おまえは出しゃばるな」と言ってやくざものが刀を振りかざしてきたが、氏重は、刀を抜かず、打ち下ろしてきた刀をよけて、腕に一撃を与え、ヤクザものが刀を落とし、腹の急所を一撃にした。その後、やくざものは道端にころがり急いで逃げていった。

ある日、大雨が降り、鹿島川が氾濫し、川の土塁が壊れ民家に被害が出た。隼人は、岩富藩の家臣に土木作業に従事するように指示したが、誰も指示に従わなかった。

隼人は「西山城代に、鹿島川の氾濫で土木作業を家臣に命じたが誰も作業に出てこない、どうなっているのでしょう」と問い合わせた。

西山城代から、「与力以下が私の指示も聞かなくなっている」

「どうしてでしょう」

「彼らは、先代の北条氏勝殿の家臣たちで、土木作業やお城館の夜の見回りなど、自分たちだけに命じられて、最近来た家臣には命じていないと不公平だと反発しているんです」

「なんと、そのようなことか。それならば藩がまとまらないではないか。どうするんだ」

「私から言い聞かせても、聞く耳持たない状況です」

このような状態が2日続いたが、改善が見られなかった。

仕方がなく、西山城代は氏重に相談した。

「殿、私の不徳のいたすところで、家臣が私の指示を聞きません」

「どうしてですか、何があったんですか」と質すと、

「私が、土木作業やお城館の夜回りなどを、先代北条氏勝殿の家臣たちにしか指示しなかったことが彼らの不満につながったのです」と報告した。

氏重は、善衛門、安兵衛、隼人、藤七に対応を相談した。

善衛門は「この件は、家臣を集めて話をしないと決着がつきません」

氏重は「それはわかったが、不平等の対策はどうするかだ」

藤七が「やはり、実際に役務を行った者には少額でもお金を渡したらいかがでしょう」

「そうだな、そうするしか、この件は収まらないだろう。では、家臣を大広間に集めるよ

うに指示を出してください」
家臣が大広間に集まり、氏重はそこで
「皆の者、私は、初めての藩主で、わからないことが多いが、今、この藩内では、旧藩主の北条氏勝殿の時代からいる家臣に、最近の労務が集中して指示が出ていて、最近家臣になった者と不公平が生じていると聞いておる。このままでは藩の行政が進まないことになる。そこでじゃ、これからは、藩の指示で労務に就いた者はわずかであるが、お金を与えるので頑張ってほしい。また、藩の重臣には、差別なく労務の指示を与えるように、今、この場で指示をする」
一部の家臣から「殿、そのようなことまでお気遣いいただきありがとうございます。これからは、殿の指示だと思ってがんばります。皆もいいな」「おう!」
これを聞いて氏重は
「私は、お父様から、家臣や友達の親のことも考えて行動しなさい。大事なことは、家来や藩の民の者も皆、人であることは同じだ、人には平等に接し、その相手を思いやる心を忘れないように、社会に役に立つ人になりなさい。そして、自分が正しいと思ったことは思い切りやりなさいと教えられています。このことをこの藩でも実践していきます」と締めくくった。

そのようなことがあった後、９月に、兄の高遠城主の保科正光から、氏重もそろそろ、正室を持つようにと土井利勝様に良い人を紹介してもらうように依頼した、と連絡があり、すぐに、土井利勝から常陸小栗庄が与えられた杉原長房の長女笹姫はいかがかと連絡があった。杉原長房は、羽柴秀吉の時代には、但馬豊岡藩の藩主をされていた方だと知らされた。氏重は、この時、町娘のひとりを気にいっていたが、杉原長房の笹姫は、会ってみないとわからないと家老の善衛門に伝えた。隼人と藤七にも杉原長房の長女笹姫を正室に迎える話をしたところ、

隼人から「殿様、町娘はどうするんですか」と逆に聞かれ、「今度来る笹姫が美人であれば町娘はあきらめる。美人でない場合は、側室としたい」と言った。二人はどちらか楽しみだねと言い合った。

氏重が正室を迎えることは、土井利勝と杉原長房との話し合いで、将軍秀忠公もご存知の話となった。

祝言は慶長17年（１６１２）10月10日、土井利勝の仲人で執り行われた。

初めて杉原長房の娘の笹姫を見た氏重は「なんて美しいお人だ、あの方が俺の嫁にきて

くれるのか。それはありがたいことだ」と喜んだ。隼人と藤七も美しい笹姫を見て、「なんて美しいお姫様だ」と感心し、初々しい夫婦を見て氏重に喝采をあげた。

祝言をあげたその夜、自室で氏重は笹姫に

「笹姫、祝言は慣れないことなので疲れたでしょう。私は、姫がここに嫁いでくれて感謝しています。私も高遠からここにきたが、真に心を開いて話せる人が少なかったので、これからは、よい話し相手になってくれ」

笹姫は「私こそ、立派な殿様に嫁げて幸せです。これからはどんなことも相談してくださいね」と言って床に入った。

藤七と隼人の二人はそれから数日後に町屋に出て蕎麦屋に入った。蕎麦屋の娘から「今日は氏助さん来ないのですか?」と言われ、「いや、氏助は遠くに引っ越したのでもう来られない」とうそを言った。娘は「氏助が来たら必ず連れてきておくれよ。私は氏助に会いたいわ」「今度来たら連れてくるからね」と言って蕎麦屋を出た。

「もう、町娘を会わせないようにしなくてはな」と誓った。

氏重は、高遠から一緒に来てくれた側近の隼人に「隼人はいくつになったのかのお」

「はい、17でございます」

「そうか、17か、それなら、この岩富藩に萩田家という武士の家がある。隼人はこの萩田家に養子縁組して、萩田隼人として名字帯刀を許すがどうだ」

「それはありがたいことです。よろしくお願いします」と言って萩田隼人となった。

第3章　藩主としての信頼（下野富田藩～遠江久野藩）

幕府からの早馬

氏重が岩富藩に来て2年が経ち、家来の笹川藤七は結婚して男児が生まれ、隼人には、妻となる人ができ、岩富藩が落ち着いてきていた。

藩の政についてもやっとわかってきて、そろそろ藩の民が困っていることを解決したいと思い出したころ、幕府からの早馬が来た。

使者が藩主の氏重に面会し、

「北条氏重殿、幕府の命により、貴殿を一万石で下野富田に移封する。との命であります」

氏重はびっくりして、使者に対し、

「それはほんとうか、いつ赴任すればよいのか」と質問した。

使者は、将軍秀忠公の花押印のある移封書を示し、

「氏重殿、このように間違いありません。また、時期については、準備が整い次第ですが、1ヶ月以内には移封していただきたいとのことです」

また、氏重は次の質問もした。

「下野富田には今は藩がないと思うが、新たな藩を設置するとはどうしてでしょうか」

使者は、「幕府では、全国の藩の見直しを行っており、その中で徳川将軍家と血縁関係にある藩を親藩といい、このうち、尾張、紀伊、水戸を御三家としております。関ヶ原の戦い以前から徳川家の家臣だった者の藩を譜代といっています。そして関ヶ原の戦い前後から新たに家臣になった者の藩を外様といい、それぞれの政治は、その大名に任されていて、大名が支配している地域を藩といいますが、この各藩は、幕府に従い、農民に対し年貢という税を課しています。このため、力のある藩の大名は、弱小の藩を力づくで吸収しようとして、戦を起こさないように見張る必要があることと、幕府が所有する直轄地も大名を指名して藩を作る必要があるのです。今回、氏重様が、下野富田に移封される目的は、その土地が幕府の直轄地であり、江戸から、みちのくに向かう街道沿いにあるので、みちのく方面の大名の監視役という目的もあります」

氏重は、「それであれば、かしこまりました」と言い、幕府の使者を丁重にもてなした。

その後、西山城代や家老の並木善衛門など主だった家来を集め、

「私は、幕府の命により、下野富田に移封することになりました。移封先の下野富田はまだ藩やお城もなく新たな藩やお城を築いていく必要があるとのこと、また、この岩富藩は廃藩になるとの命です。ですので、貴殿たちも一緒に下野富田に行ってほしいのだ」と伝えた。

列席した者は全員びっくりし、ざわついたが、しばらくして、萩田隼人が「私は当然ついていきます」ということばを皮切りに、「ついていきます」とか「行かざるを得ない」とかの言葉が続いた。氏重は、「皆は今日聞いたばかりで驚いていると思うので、家族と相談してください。そして3日後に、結果を教えてほしい」と伝えた。

3日後、意見をまとめたところ、2～3人は地元に残り武士を辞め農業に従事するという者がいたが、約30名の家来が下野富田に行くことになった。

出発の前の日、氏重は藤七と隼人に「ここの岩富の思い出として、もう一度町屋の蕎麦を食べておきたい。付き合ってくれ」

「承知しました」「行きましょう」

今日の3人は、侍の衣装で町屋に出て蕎麦屋に入った。

「いらっしゃい。あら、藤七と隼人でないか、今日は何だい、そのお侍の恰好は」と蕎麦屋の娘が声をかけてきた。

隼人が、「今日は氏助を連れてきたぞ」ともう一人の侍を紹介した。藤七が「このお方は、岩富藩の殿様だ」娘は、「えぇぇ〜、ほんとうですか」とびっくりした。

隼人が「岩富藩は今日で最後になるので殿が最後にどうしてもここの蕎麦が食べたいと所望されて来たのだ、蕎麦3杯たのむ」「かしこまりました」と言って店屋の奥に入り、しばらくして、3杯の蕎麦を持ってきた。氏重たちはそれをおいしそうに食べた。氏重は店を出る時に蕎麦屋の娘に「いろいろと世話になった、感謝しておる。そなたも達者で過ごせよ」と別れの言葉をかけた。

下野富田に出発の前日、氏重は家臣を集め

「皆の者、明日には下野富田に行く、この岩富藩での役目、たいへんご苦労であった。皆にとっては、至らない点が多くあったと思うが、私は、初めての藩主として、できる限りのことはやったつもりだ、ただ、藩内改革はこれからやろうとした矢先に国替えとなった。私に任された藩については、民を含め藩の者全員の笑顔を多く見たいと常に思っておる。これから行く富田でも、多くの笑顔を見られるように取り組む予定だ。皆も、私についいてきてくれ」と岩富での最後の挨拶とした。

下野富田藩への国替え

氏重が慶長18年（1613）下総岩富から一万石で下野富田に入ったことにより、下野富田藩が立藩した。

岩富藩から30名の家臣およびその家族が引っ越して来るため、氏重は、最初、地元の庄屋に隼人と藤七の3人で仮住まいして、お城の場所の特定と家臣の家の土地区割りを行った。

藤七は「殿、お城の場所は、室町時代に富田成忠が建てた城が廃城になっているので、これを増改築して館を建てたらいかがでしょう」

「そうだな、場所も街道沿いで、古い建物も改造すればまだ使えそうだな。じゃあ、ここに決めよう」

隼人は「ここが我らの城となるのか、出来上がりが楽しみだ」

「藤七、藩内の大工を集め、至急建築に着手するように進めてくれ」

「はい、すぐに着手します」

４ヶ月後、建物は完成し、陣屋として、藩の行政と氏重たち家族が住む館となった。

氏重は、出来上がった館に入り、「大工の皆さんご苦労様でした」と大工に労をねぎらい、金子《きんす》と褒美を渡した。

大工の代表が
「殿様、こんなに、ご褒美までいただきありがとうございました」

「いや、よくできているよ。笹姫やその付き添いたちも喜ぶだろう。ほんとうにご苦労であった」

氏重は、岩富にいた笹姫とその付き添いを出来上がった陣屋に呼び寄せ、

「笹姫、ここが、これから住む館だ、どうだ、気に入ったか」

「はい、新しくて気持ちいいです。気に入りました」

「そりゃ、良かった」

氏重は側近たちにも声を掛け
「皆の者、自分の屋敷は落ち着いたか、当分はここが我々の住まいぞ」と言って富田藩が本格的に始まった。

まず、氏重が着手したのは、藩内の年貢の見積もりを笹川藤七に命じた。

藤七は隼人と二人で、藩内の田んぼや耕作地をすみずみまで確認し、検地帳を作り上げていった。

完成した検地帳から石高を見積もったところ、一万二千石に達し氏重に報告したところ氏重も大変喜んだ。

氏重は、地元の庄屋5名を集め、藩内の情勢を聞き出した。

「庄屋の皆さん、今日は、この新しくできた富田藩を今後どのようにまとめていくか、皆さんの忌憚のない意見をお聞かせいただきたいと思い来てもらいました。今日は遠慮せずに食べて、お話しください」と言って酒を注ぎに回った。

「殿様、滅相もございません。やめてください。私どもから注がせてください」と言って恐縮した。

「わかった。なれば、皆の意見を聞かせてくれ、この下野富田はどういうところだ」

おそるおそる庄屋の一人が「ここは、関東の北東の端で日光の手前の土地で、冬は雪も積もる時があり、前の岩富藩と比べると、夏は暑く冬は寒い土地柄だと思います」

「わしもそう思っておった、隼人、なんだかこの気候は高遠と似たような気候だのう」

「そうですね、殿様、ここは、高遠と同じで海がありませんからね」

「あっ、そうだな、あっははは」

　次に家老の並木善衛門が、

「藩内がにぎわっているが、何か理由があるのか」

「藩内を江戸とみちのくを結ぶ日光街道が通っていて、街の中の往来も激しいので街はにぎわっています」

　次に藤七が
「地元の名産品は何かありますか」

「地元の名産品は、これといったものはありませんが、あられ豆腐とごぼう餅が有名です」

「あられ豆腐とはどういったものですか」

「豆腐の水分を絞って水気をとり、油でカラッと揚げたものです」

「子供のおやつに良さそうですね。ごぼう餅はどんなものですか」

「ごぼう餅とは、上新粉や白玉粉に細かく刻むかすりおろしたごぼうを入れて団子を作り甘みそをつけて食べるお菓子です」

「これまたおいしそうですね」

　氏重はさっそく、

「藤七、将軍家、土井利勝様、と生まれ育った高遠に送り届けてください」と指示した。

庄屋5名に対しては、困ったことや揉め事があればすぐに相談に来るよう伝え、岩富で取れたサツマイモを取り寄せて配った。

5人の庄屋は、城から出るとき、今度の殿様はいい殿様だのう。と言い合った。

この年、慶長18年（1613）の秋、氏重の正室笹姫に第一子の長女あき姫が誕生した。

氏重は、「笹姫、ようやった。長女の名前はあき姫にしよう。元気に生んでくれてありがとう」

「殿、ごめんなさいね、女の子で」

「笹姫があやまることはないよ。こればっかりは授かりものなんだから」

家老の並木善衛門が、「お祝いじゃ、藩を上げてお祝いしよう。隼人、祝い餅を配るように」と指示を出した。

大坂冬の陣

豊臣秀吉が亡くなり、徳川家康が江戸幕府を開いた慶長8年（1603）から、家康は諸大名に各地のお城の大改修を命じた。このとき再建や改修した城は、膳所城、伏見城、二条城、彦根城、篠山城、亀山城、北の庄城、名古屋城、駿府城、姫路城、上野城等である。

豊臣秀頼には畿内を中心に寺社の修復・造営を行わせた。

その主なものは、東寺の金堂、延暦寺横川中堂、熱田神宮、石清水八幡宮、北野天満宮、鞍馬山毘沙門堂など85件にものぼった。

これらは、関西中心のものが多く、北条氏重には幕府から荷役の指示は来なかった。

慶長19年（1614）4月には秀吉の刀狩で集めた刀剣類を「国土安全万民快楽」を掲げて京都の方広寺に梵鐘を完成させた。この総奉行の片桐且元は、梵鐘の銘文を南禅寺の文英清韓に選定させ、「国家安康」とした。これを見た家康は、京都五山の僧や林羅山に意見を求め、家康の間に安を入れたのは、家康を分けた言葉として無礼で不法極まりないとして秀頼や且元をせめた。

大坂に戻った且元は淀殿や側近の大野治房に説明するも、家康との内通を疑われ執政の任を解かれ茨木城に退去した。家康は且元罷免の報を聞き激怒した。豊臣方、徳川方ともにすでに戦になることは確実と判断された。

10月には、豊臣家では旧恩のある大名や浪人に檄を飛ばし戦争準備に着手した。

集まった豊臣の家臣は明石全登、後藤又兵衛、真田幸村、長宗我部盛親、毛利勝永の五人衆など10万人であった。しかし、五人衆も含めそれぞれの思想が異なり、歴戦の勇士が多く士気も旺盛だったが、いかんせん寄せ集めの衆にすぎなく、統制がとれず実際の戦闘では作戦に乱れが生じた。実際、二手に分かれ、籠城派と打って出る派に分かれたが、最後には籠城する作戦が採用された。

一方、家康は、10月11日軍勢の指揮をとり駿府を出発。23日には二条城に入り、江戸の秀忠が6万の兵を率いて江戸を出発した。

11月15日には家康は二条城を出発し、18日に先着していた秀忠と茶臼山陣城で合流、この時兵力は20万人に上っていた。

戦いは11月19日の木津川の戦いで始まり、徳川方は、豊臣方が籠城した大坂城を20万の大群で包囲して戦った。12月3日には、真田幸村が率いる真田丸の戦いで豊臣軍が徳川軍を撃退するが、大砲攻撃も功を奏し、外堀の水の流れを変えるように掘削するなどしてじわじわと大坂城を攻めていった。そして一斉攻撃を命じ、大砲も三貫、四貫、五貫目と大きなものを投入し、大坂城を攻め立てた。一方で、和議に応ずるように説得し、12月19日京極忠高の陣で、家康の側近の本多正純、阿茶局と豊臣方の使者として淀殿の妹の常高院との間で行われ講和条件が合意され和平が成立した。

　この講和条件の豊臣方の条件は
①本丸を残して二の丸、三の丸を破壊して、外堀の南堀、西堀、東堀を埋めること
②淀殿を人質にしない代わりに、大野治長、織田有楽斎より人質を出すこと
　徳川方の条件は
①秀頼の身の安全と本領の安堵
②城中諸士についての不問
　であった。

　この大坂冬の陣で、北条氏重に、幕府から早馬が届いた。

　家老はじめ重臣がそろっている中で、氏重は
「幕府からの命は、我らは、上野館林藩の榊原康勝隊に所属して参戦するようにとの指示であった」

　隼人が「殿、初陣、おめでとうございます」と口火を切った。

　家老が「皆の者、殿は戦が初めてだ、それゆえ、皆が支えあって殿をお守りするんだぞ。これから、戦の準備に入れ」と指示を出した。

3日後、出発の日を迎えた。

笹姫から氏重に
「殿、初陣おめでとうと言いたいところですが、必ず生きて帰ってきてくださいね」

「わかっておる、私が出陣している間、この富田藩を頼むぞ」

「はい、気を付けて行ってきてください」

こうして氏重は家来30人を引き連れて初陣に出た。

戦場の大坂城に着き、榊原康勝隊に合流した。

「榊原殿、お待たせしました。応援に駆けつけた北条氏重です」

「よう、遠路はるばる来てくださった。それでは早速、我々と一緒に大坂城を包囲してください」

「かしこまった」しばらくして榊原隊から
「北条殿、佐竹義宣隊が豊臣軍に攻められ窮地に陥っていますので応援に駆けつけてください」

「かしこまった。皆の者、今から佐竹義宣隊の応援に向かうぞ」と檄を飛ばした。

北条氏重が後方支援した結果、佐竹義宣隊は窮地を救われた。

この時の氏重は、部隊の後方にいて、指示を出すのみで、実際の戦いは行っていなかった。

その後、一時は岡崎城の守備も行った。

こうして、大坂冬の陣は終わり、氏重隊は一旦、富田藩に帰った。

「笹姫、帰ったぞ」と言って城に入ると
「殿、ご無事で何よりです、お勤めご苦労さま」とねぎらいの言葉があった。

「笹姫、俺は初陣で佐竹義宣隊の窮地を救ったんだ」と自慢せずにはいられなかった。

「それは大活躍でしたね。初めての戦はいかがでした」

「笹姫、俺は戦はもう行きたくないよ、人と人との殺し合いなんかもういやだよ」

「戦はむごいよね、戦がない世の中は来ないのかしら」

「この富田藩では絶対に戦はしないからね」

「ぜひ、そう願います」と言われ床に就いた。

大坂夏の陣

豊臣方と徳川方の和平成立後、家康は駿府へ、秀忠は伏見に戻ったが、慶長20年（16

15）3月15日大坂で浪人の乱暴・狼藉、堀の復旧や、京や伏見での放火など不穏な動きがあるという報が徳川方に届いた。

徳川方は、浪人の解散か豊臣家の移封を要求したが受け入れられなかった。徳川家康は4月18日に、秀忠は21日に二条城に入り、軍議した。

豊臣方は、大野治長が交渉に当たっていたが、大坂城内で襲撃され交渉が決裂した。これで開戦は避けられないとして豊臣方は金銀を浪人に渡して武具の用意に着手した。しかし、もう勝ち目がないとみた浪人は大坂城を去る者も出てきて、この時の豊臣方の戦力は7万8000人に減少した。今回の豊臣方の方針は野戦にて決戦を挑むことが決定されていた。

豊臣方の大野治房の一隊は、4月26日筒井定慶の郡山城を落とし、28日には徳川方の兵站地の堺を焼き討ちにし、29日には一揆勢と協力して紀州を攻めた。しかし侵攻できず、5月6日まで堺の攻防戦を強いられた。5月6日には、大和路から大坂に向かう幕府軍3万5000を豊臣勢が攻撃した道明寺・誉田合戦が起こった。しかし豊臣方は緊密な連携が取れず逆に敗北が相次いだ。同じ日に豊臣方の木村重成、長宗我部盛親、増田盛次らが河内路から大坂城に向かう徳川本軍12万を攻撃した八尾・若江合戦が起こったが、これらの結果は、徳川側が優勢で、豊臣方は大坂城に追い詰められた。

5月7日、豊臣方は、真田幸村や大野治房などが天王寺や岡山砦に総攻撃をかけ、一時は、家康、秀忠の本陣に迫ったが、兵力に勝る徳川方が徐々に態勢を立て直し、豊臣軍は多くの将兵を失って壊滅、大坂城本丸に総退陣した。

堀が埋められ裸同然の大坂城に、総攻撃をかける徳川勢を防ぐ術はすでになく、徐々に火の手が多くなり、午後4時ごろ、大野治長は千姫を脱出させた後、自身以下が切腹する代わりに秀頼、淀殿の助命嘆願が行われたが、5月8日に秀忠の命で豊臣秀頼ら32人が自害した。これにより、大坂夏の陣は終了した。

この大坂夏の陣では、氏重は3月30日に幕府から、大坂城に来るように出陣要請が来た。氏重は、重臣を集め4月2日に出陣するように指示を出した。

出陣の当日「笹姫、また大坂に行ってくる。今回で豊臣方は一網打尽に成敗されると思う。これで、徳川方に逆らう者はなくなり、戦がない世がくるよ」

「ぜひ、そうなってほしい、だから頑張ってほしいけど、絶対、今回も生きて帰ってね」

と言われ出陣した。

氏重隊は、大坂に着き、榊原康勝隊に合流し、5月6日の若江合戦に参加した。

「皆の者、今回も我ら北条隊は、榊原康勝隊に合流して戦うぞ」と言って戦の準備を固めた。5月5日、榊原康勝隊から、明日、河内路から大坂城に向かう途中の若江で豊臣方と戦になる。その応援に駆けつけるようにと指示が来た。

氏重は「皆の者、明日は大戦になる、気を引き締めて戦うように」と檄を飛ばした。

翌日、氏重隊は、木村重成隊と戦った。この戦いでは、長宗我部盛親隊が藤堂高虎隊を攻め圧倒したが、榊原康勝や氏重の活躍で木村隊が敗走し、井伊直孝隊の援軍と挟み撃ちを避けるため長宗我部盛親隊は後退した。

この時、榊原康勝は氏重に対し、

「氏重殿、豊臣方はまとまりがなく、倒すのはたやすいものさ」と息巻いていた。

「康勝殿、今日はたまたまでござる、井伊殿の援軍もあり、相手が引いてくれたのであり、あまり、侮らないほうがいいですよ」と返した。

榊原康勝隊と氏重隊は、次の7日の天王寺や岡山砦の戦いにも参戦し、ここでは豊臣方の真田幸村隊と戦い、榊原康勝隊は多くの戦死者やけが人を出した。この時、榊原康勝も刀傷をお腹に受け戸板で陣中まで運ばれた。

榊原康勝が刀傷をお腹に受けたことを聞いた氏重は、「だから慎重にと昨日お声掛けしたのに残念だ」と言って、側近に、「俺たちも、おごらずに、くれぐれも慎重にしなくてはな」と自分に対しても戒めた。

氏重はこの戦で始めて人を刀で切った。なんでこんな酷いことをしなくてはいけないか、気が狂いそうであった。でも、今こうして戦わなければ自分が切り殺されると思うと必死で戦った。

一緒に戦っている、隼人も藤七も実際に人を切る戦は初めてで二人も必死で戦っていた。

「隼人も藤七も大丈夫か、人を切るということは恐ろしいことだのう」

「殿様こそ大丈夫ですか、脱糞していませんか」

「馬鹿を言え、脱糞はしていないがヘドがでそうだ」

「早くこの戦が終わるのをただ祈るばかりです」

しばらくして、戦が終わり氏重たちは安堵した。

氏重は、すぐに、隼人に「氏重隊で負傷した者を確認するように」と指示した。

すぐにその回答があり「死亡した者はいなく、５人がけがをしている」と報告があった。

そして、５月27日、榊原康勝はこの傷が原因で亡くなったことが報告された。25歳の若さであった。氏重は、亡骸を前に榊原康勝の冥福を祈った。

こうして大坂夏の陣が終わったが、まだ、畿内では浪人が多く残り、大変荒れていたので幕府は、各大名に命じ畿内の主要な場所に配置して警護をするよう指示を出していて、氏重は伏見城番の役目が与えられた。氏重は、ケガをした5人に対し、一人ひとり「負傷した場所はどこですか、体に傷を負うまで頑張ってくれてほんとうにありがとう。もうこれからは戦がない世の中になると思うので、富田に帰りゆっくりと静養してください」と言ってお見舞いして送り出した。

こうして5人を下野富田に帰し、残り25人で伏見城番の役目を果たすこととした。

元和元年（1615）12月に入ると、畿内も落ち着きを取り戻し、幕府から帰藩指示が出た。

氏重は、側近を集め「皆の者、やっと下野富田に帰ることができるぞ、今日、幕府から帰藩指示が届いた」

「お正月前に、下野富田に帰ることができ、これほどうれしいことはない」と皆で言い合った。

そして、氏重は藤七、隼人などに「帰る前にお土産を買いに行こう」と誘った。そして、側近をつれて京都に出かけ、家族へのお土産を買った。

氏重は、留守居を命じた家老の並木善衛門には、京都西陣の反物をおみやげに購入し、正室の笹姫や長女のあき姫には、八橋や稚児餅を買った。

帰る直前に、氏重に下野富田から手紙が届いた。手紙によると、氏重の正室笹姫には、第二子が生まれたと連絡があった。

氏重は側近に対し「笹姫が第二子を出産したと連絡があった」と伝えた。

山本安兵衛が「それで男児でありましたか」と尋ね
「いや、女子でした」

「それは残念だけど、無事の出産であればそれに越したことはありません。それでお名前はいかがされますか」

「次女は鶴姫と決めておる、すぐに手紙にしたためよう。筆の準備を頼む」と言って手紙を送り、氏重一行も伏見城を後にした。

この元和元年（１６１５）には、幕府から武家諸法度が制定され、次の三点が大名に命じられた。

一、武士は、文武弓馬の道にひたすら専念すること
二、大名の城は、修理する場合であっても、必ず幕府に申し出ること。ましてや、新しく城を築城することは、かたく禁止する。
三、幕府の許可なしに、勝手に結婚をしてはならない。
　以上である。

　この武家諸法度を見て、氏重は側近に
「この武家諸法度はどういうことを意味しているか誰か教えてくれ」

　山本安兵衛は「殿、今、豊臣の残党や戦を好む者たちが、徒党を組んだり、庶民に危害を加えないように、武士は、文武弓馬の道にひたすら専念しなさいと言っています」

「城の新築や修理を行ってはならない。このことだと、この下野富田に城を構えることを考えていたが、これでは城を建てることができない。残念であるが、皆も承知しておいてくれ。でもこれの意味はどういうことだ」

　藤七が「各藩の運営は大名にまかされています。これを良いことに、城の防御を固め幕府に戦いを挑むことをさせないようにする意図があると思います」

「なるほど」

「勝手に結婚をしてはならないということは、私はすでに結婚しているので関係ないが、やはり、これも、大名家同士が結婚により結びついて幕府にたてつかないようにする意味があるのだな」

「そのとおりであります」

藩政の学び

氏重は、伏見から帰って、久々に家族や近習の者の顔を見てお互いに喜び合い、その後、家族や留守の家来にお土産を渡して館は元気を取り戻した。

氏重は、自室で笹姫に
「笹姫、留守の間この藩を守ってくれてありがとう。そして、この鶴姫の出産、大儀であった」と言った。

「殿様こそ、大坂城では大活躍したと聞き及んでいます。無事の帰国が何よりです。子供はまた女子でした。すみませんでした」

「いいよ、親子が無事であればなによりだ」

続けて、

「今回の大坂夏の陣で、豊臣方は崩壊し、徳川方に背く大名はいなくなったと思う。これで当面は戦が無い世の中がくるでしょう」

「そうなればうれしいですけど」と話し合った。

「でも、戦は怖いものだ、人を刀や鉄砲で殺すということは、人間がやってはいけないことだ、この間人を切ったときに見た相手の目が今でも時々夢の中に出てくるのじゃ。恐ろしいことじゃ」

「そんな夢を見たときは私を起こしてくださいね」と言って床に就いた。

翌年元和2年（1616）の正月には、近隣の旗本や庄屋など新年の挨拶に館に多くの者が来た。

家老の並木善衛門から、

「殿、今後は、幕府から、お城や、河川、神社仏閣などの改修工事の要請が来ると思われます。その時には藩の民の力を借りなければなりません。藩の民を大事にしたほうが良いと思います」との申し出があった。

氏重は笹川藤七に

「藤七、今、藩にはいかほどのお金があり、どんなものを正月祝いに駆けつけてくれたものに対し、褒美を取らせたらよいか検討してくれ」と指示を出した。

藤七は山本安兵衛と萩田隼人に相談し、

「殿、今三百両ほどあります。角餅を配ることにしたらどうかと思います。一軒に5個を配る予定です」

氏重は「それは良いのお、すぐに手配して配ってくれ」

藩の民は角餅をもらって大変喜んで、殿様に感謝した。

この元和2年（1616）は、徳川家康が駿府で鯛の「付揚げ」（今の天ぷら）を食べて腹痛を起こし、その後亡くなった年であった。

氏重は、徳川家康が亡くなったと聞き、お母さんと一緒に駿府まで行ってご挨拶した記憶がよみがえってきた。豊臣を倒し、戦さの無い世を作った偉大な、伯父さん、徳川家康に、哀悼の意を込めてお経の一節を口ずさんだ。

氏重は、その後も、庄屋を時々集め、藩内の困りごとがないか聞く会を催していた。

ある庄屋から、

「わしの家の近くを流れる永野川が氾濫し、住民に被害が多く出ているので何とかならないでしょうか」という話があった。

氏重は、「それならば、永野川がよく氾濫する場所の堤防を補強する土木作業を行ったらどうか」と言い、

「それを行うには地元住民だけでは、多くの時間がかかってしまいます」

「そうか、もっと人手を出して一気にやってしまおうというものだな」

「そうなんです。よろしくお願いします」

「それなら、地区割りした庄屋単位で作業者を出させ、計画的に工事を進めたらどうか。困ったときはお互いさまだ」と言って藩を挙げて改修工事に取り組むこととした。

改修工事が終了したとき、地元の庄屋から、「お殿様、ほんとうにありがとうございました。これで大雨が降っても被害は最小限に食い止めることができます」と言ってお礼の言葉があった。

一方、永野川の改修工事に関係のない地区の者には、藤七に指示し、わずかだが日当のお金を与えた。日当をもらった者は、大いに殿様に感謝した。

それからしばらくして氏重は、藤七と隼人に、

「お城にいただけでは藩内の事情が分からぬ、岩富と同じように忍びでお城を抜け出し町屋に行ってみたい」

「殿、いいですね。じゃあ、明日準備します」

翌日、家老たちに遠乗りに行くと言って城を抜け出し、村中の神社の裏で、町人の姿に着替え、町屋に行った。

町屋では多くの人々が行き交っていてにぎわいをみせていた。しばらくするとその町屋の中で女子の叫ぶ声が聞こえ駆け寄ってみると、一人の若い男が、小物売りのおじいさんと娘をいじめ、おじいさんに殴りかかっていた。

隼人がそこに走りより、おじいさんを殴ろうとする手をつかみ、「何をしている、老人や女子をいじめるのはやめなさい」と言って若者を一本背負いで倒した。倒れた若者は、「おぼえておけよ」と言って走り去った。おじいさんと娘は助けてくれたことに感謝した。隼人は「大丈夫ですか。どうしていじめられたのか」と聞いたところ、おじいさんは「かんざしを買ってくれたのですが、しばらくして戻ってきて壊れていると文句を言ってもう一つよこせと無理難題をいい、殴りかかってきたのです。あのかんざしはそんなふうに壊れるものではなく、売り物はあの一つだけだったのです」

「そうか、また襲ってくるかもしれないから気をつけな」と言って店から離れた。

しばらく町屋を歩いたところで、先ほどの若者が2人の助っ人を連れてきて、「おい、待ちやがれ、さっきはえらい恥をかかせてくれたな、兄貴、こいつらだ、痛めつけてやってくれ」兄貴と言われる者が「こら、おまえか、俺の弟分をいじめたのは」と言って隼人に殴りかかってきた。ほかの2人も氏重と藤七に殴りかかってきたが、3人とも肩すかしをして街道に転がせた。兄貴と呼ばれた者がこのやろうと言って脇差を抜いてかかってきたので、藤七が脇差の峰うちで相手の脇差をはね急所を突き、ほかの者も脇差をぬいたので、それを払った。3人は、このやろう、おぼえておけと言って、逃げて行った。

藤七は近くの町屋の者に「あやつらを知っているか」と聞いたところ、町屋の者が「あやつらは、このへんのごろつきで、いろいろなところに迷惑ばかりかけている街のやっかいものです。今日のおたくさんたちの活躍を見て胸がすっきりとしました」と言われた。

城に帰った氏重は、町内を管理する奉行を呼び出し、町屋に迷惑をかける不届き者がおる、至急その者を調べ上げ、成敗するように指示を出した。

翌日、その結果が報告され、街の厄介者は捕まり反省させられたと報告があった。

元和2年(1616)の9月に入ってまだ残暑が残っている日に、幕府から、江戸城の普請役の命が届いた。

氏重は、山本安兵衛に
「安兵衛、江戸城の普請場の作業者を各庄屋5名ずつ出すように指示してくれ」と命じ、
安兵衛は、庄屋を集めて、

「幕府から、江戸城の普請役の命がこの富田藩に届いた。そこで、殿は、藩内の庄屋ごとに5名ずつを出して、地区ごとの負担をなるべく公平になるようにと考えてくださったのだ。だからよろしく頼む」と言って各庄屋に命じた。

「庄屋たちは、各庄屋ごと5名であればやりくりできます」と言って喜んだ。

3日目には、25名の人数が揃った。これは、日ごろから藩内の人々に敬意を示してきた殿様だからこそ、藩民が協力してくれたものである。隣の藩などでは、強制労働を強いたため、一部の農民が反発し刃傷沙汰になったところもあった。

江戸城の普請役は、元和3年（1617）の3月まで続き、完成させた。作業者たちは、田植えの時期までに帰れてお互いに安堵した。

氏重は、普請場の作業者に出向いてくれた者に、少ない金額であるがお礼をこめて金一封を与えた。藩内では、金一封が出たことが話題となり、次の機会には私も行きたいと申す者が多くでたとのことであった。

元和3年（1617）12月に氏重の故郷である高遠で藩主の保科正光（氏重の異母兄）が徳川秀忠の子である正之（後の会津藩藩主）を養子として迎えていた。

この話は、保科正光からもたらされたもので、側近の者と話し合った。

氏重から「高遠では、将軍秀忠さまの子を養子に迎えたそうだ」

山本安兵衛は「将軍家ではなんでその子を養子に出したのでしょう？」

氏重は「その子は、将軍秀忠さまの子ではあるが、北条家の浪人の娘お志津が産んだ子で将軍家が認知されていないからなんだ」

「では、どうして高遠で養子を迎えることになったのでしょう？」

「それは、その子は幸松といい、老中土井利勝殿が武田信玄の娘である見性院に預けられていた幸松を、幕府が秀忠様の子と知り、大坂の陣で活躍した高遠の保科正光に預けることになったと聞いておる」

「では、高遠藩も位が上がりますね。そうすると、殿とその子の関係は、叔父と甥の関係ですね」

「そうなるかな」と言ってこの話は終わった。

元和4年（1618）に年が変わると、氏重は、幕府から今度は、日光東照宮の普請役を命じられた。

　氏重から指示を受けた山本安兵衛は庄屋を集め
「庄屋の皆さん、今度は幕府から日光東照宮の普請役を命じられました。今回は、長丁場になることが見込まれます。そこで、今回は藩内から一庄屋ごと9名、計45名の荷役者を募集します。普請役は3月から始まり、30名で行き、うち15名は6月いっぱいで下野富田に帰り、15名の予備役が代わりに役務に行きます。そして、残り15名も8月には役務を完了させ下野富田に帰させます。その時には最初の15名がまた荷役に行きます。

　このように15名を交互に役務に従事させ、なお且つ、田植えの時期には、役務に出ている家に、下野富田に残っている者を、計画的に割り付けて田植えを手伝わせます。秋の収穫のときも同じで、応援させます」

　庄屋の一人が「そうしていただければありがたい。早速人選に入ります」と言って庄屋の協力を取り付けた。

　こうして、日光東照宮の普請役が始まり、その年の暮れまで行われた。

　そして、江戸城の普請役の時と同じように荷役に出た者に対し少額ではあるが金一封を与えた。

これには、荷役に従事した者は大変喜び、我らの殿様として下野富田に評判がゆき渡った。

藩の政は、順調に行われてきつつあり学ぶことが多かった。氏重にはこの年の10月には第三子が生まれた。この時も笹姫から

「氏重様、申し訳ありません。今回も女子でした。どうして私には男の子が授からないのでしょうか？」と嘆いた

「笹姫、こればっかりは、2人がどんなに努力しても男の子が生まれる保証はないのだからしょうがないよ」

「殿、ありがとうございます。それでこの子の名前はどうするの」

「この子の名前はこと姫とします。こと姫、生まれてきてくれてありがとう」と言って2人は祝った。

元和4年（1618）11月5日、高遠からの早馬にて氏重の母、多劫姫が亡くなったと連絡があった。

氏重は悲しみにつつまれていたが、藩を抜け出して高遠に行くことも適わず、

「お母さん、私を生んでくれてありがとう。高遠にいたときは迷惑ばかりかけてすみませ

んでした。高遠を出てからは不義理ばかりですみません。でも、今は毎日が楽しく過ごせています。これもお母さんのおかげです。感謝します」と言って高遠のある方角に手を合わせて、亡き母をとむらった。

遠江久野藩への国替え（下野富田からの引っ越し）

元和5年（1619）になると、幕府より、伏見城番、江戸城の普請役、日光東照宮の普請役の功績を評価され、幕府から遠江久野藩への国替えの命が届いた。

下野富田では6年間過ごしてきて、藩の政や生活にも慣れてきていたところだったので、藩内が大きくざわついた。ましてや氏重の国替えにより、後任の藩主は来なく、下野富田藩は廃藩となり佐野藩が引き継ぐこととなった。

氏重は、まず側近の者を集め、

「このたび、幕府より、遠江久野藩への国替えの命が届いた。皆の者、この下野富田藩での役目ご苦労であった。これからは、遠江久野藩への国替えの準備に取り掛かってくれ」

隼人から「殿、遠江久野藩とはどんなところですか」

「私も一度行ったことがあるが、子供のころだったのであまり覚えていないのだ。でも聞いたところによると、遠江久野藩は東海道のど真ん中にあり、雪も降らなく暖かい所だそうだ。そして、この久野藩には豊臣秀吉がまだ名も知られていない百姓のとき、立身出世を求めて一時期、主君として仕えていた松下之綱が治めていた土地だと聞いておる」

藤七が、「殿、その久野藩はお城があるのでしょうか?」

「ああ、あるそうだ。その遠江久野城は、今川家旗本の久野宗隆が築城した城で、二代目城主となった久野宗能が天正18年(1590)、徳川家康の関東移封に伴い、上総国佐倉に移封され、代わって豊臣方の松下之綱が城主となり久野藩が立藩されたと聞いておる。家康の関東移封後の久野城は、戦略的に重要な場所にあって、関東・東海道の押さえとなっていたので、之綱・重綱親子は城全域の大改造を行い、現在の城の姿になったそうだ。しかし、天下統一を成し遂げた徳川幕府にとって、久野城のもつ戦略的価値は、ほとんど失われ、慶長8年(1603)の重綱移封に伴い、久野藩は廃藩となっていたんだ」

「そうすると、今は久野藩は無いのですか?」

「いや、慶長8年(1603)に再び久野宗能が久野城に戻ったが、慶長14年(1609)に病没すると、久野宗能の孫久野宗成が家督を継いだが、元和5年(1619)徳川頼宣に従って伊勢田丸城に転封となり、この後を私が継ぐことになったんだ。だから、城があり、城持ち大名の仲間入りになるんだ」

側近の皆は、「それは上々じゃ、さっそく、国替えの準備に取り掛かろう！」

氏重は、主だった家来を集め、

「私に幕府から遠江久野城への国替えの命が届いた。ついては、家来の皆には、遠江久野についてくるように、ただ、この土地で家来になった者はそのままこの土地に残ることもやむなしとするので、残る者は山本安兵衛に申し出よ」と伝えた。

また、氏重は、山本安兵衛に命じて、藩内の庄屋を集め、自分が国替えになったことを伝えるように指示した。

家老の並木善衛門には、この館のもので遠江久野に持っていくものと、置いていくものを区別するように命じた。

萩田隼人には、先行して久野城に行き、久野城の間取り、必要、不必要なものの選別、城下の住まいなどを事前に調査してくるように命じた。

笹川藤七には、隼人とともに、事前に久野城を見てきてほしい。そして、氏重家中の引っ越しにどのくらいお金がかかるか試算するように命じた。

国替えの命が届いて半月が経ったころ、先発隊として久野城を見てきた藤七と隼人が戻って来て、報告会が開催された。

藤七から「殿、我々が行った時には、まだ、前藩主の久野宗成殿が引っ越しの準備をしているところで、引っ越しが完了するのはあと3ヶ月程度かかる見込みとのことでした。お城は、天守閣や本丸、二の丸、三の丸などがあり、一般的なお城の機能は整っています。城下は、お城から少し離れた東海道沿いにあり、お城とは少し離れていますが、東海道を一望できる位置にお城があります。その東海道沿いに袋井宿があり旅籠や物売りの店屋が連なっています。袋井宿の袋井は、原野谷川、宇刈川、沖之川に囲まれた袋のような土地から袋井という名がつけられたそうです。

周りは北側には山が続いていて、南は田んぼです。西には太田川、南には原谷川や逆川が流れています」

続けて隼人が
「東には掛川城、南は横須賀城、西には浜松城、北西には二俣城があります。お城と街並みとは少し離れているのでお城の周りは落ち着いているように見えました」

氏重は、「わかった。ご苦労であった」と労をねぎらった。

次に山本安兵衛が報告に立ち、

「殿、家来53名は遠江久野に行きます。藩内の中で、若者７人が遠江久野に行きたいと申しています」

氏重は、「そうすると総勢60名だね。藤七、60名の引っ越し、どのくらいかかるか見積もってください」

藤七は、「引っ越し費用は一人一両あれば十分です。都合、六十両であれば藩のお金が不足することはありません」

氏重は、「皆の者、それではあと２ヶ月の間に引っ越しするように準備するように、このことは藩の隅々まで伝達するように」と命じた。

引っ越し準備が終わりに近づいた日に地元の庄屋から、お別れ会を行いたいとの申し出があり、氏重の館の前で行った。

庄屋の代表が前に出て「お殿様、大変お世話になりました。お殿様が来てからこの富田も住みよいところになり、藩内の助け合いも大きく前進しました。川の氾濫もだいぶ抑えることができました。これらは皆、お殿様のおかげです。ほんとうにありがとうございました。遠江久野藩に行かれましても、お体に気を付けて頑張ってください。私たちは、氏重様をいつまでもわれらの殿様として尊敬しています」と言ってお別れの言葉をいただいた。
　氏重からは「庄屋の皆さん、これまでよくこの私についてきていただきました。皆さんご苦労されたかと思います。でも、幕府からの協力要請に対する対応も皆さんのご協力で体制ができあがってきたと思います。これからは佐野藩に引き継がれますが、この地区の皆さんは、引き続きまとまりをもって対応してください、そしてこの富田地区がますます発展することを祈っています」と言って庄屋の皆にお別れのことばとした。
　遠江久野に出発する前日、氏重は家臣を集め
「皆の者、いよいよ明日、遠江久野に向かうこととなった。この富田藩では、大坂冬の陣、夏の陣があり、家臣の皆には大変な思いをさせてしまった、私も、初めての戦で人を切り、気が狂いそうになったが、もう戦はこりごりだと思っておる。幸い、大坂の陣以降は、徳川様がしっかりと戦の無い世の中を作りあげてくれましたので少しは安心しておりますが、まだ、世の中には、豊臣の残党がおりますので、徳川家に戦を仕掛ける者が出てこないように見張る必要があります。また、皆の者には、江戸城の普請役や日光東照宮の普請役をこなしてくれて感謝しております。明日からは、長い旅路になりますが、全員、気を付けて久野に参ろうぞ」と富田藩を締めくくった。

氏重は、その夜に自室で
「笹姫、いよいよ明日遠江久野に旅立ちます。ここの暮らしはどうであったか」

「殿、ここの暮らしは思い出深いことが多くありました。その一つが大坂城への出兵です。あの時は、殿が無事か心配でなりませんでした。もう一つは、次女の鶴姫と三女のこと姫が生まれたことです。二人とも女子で申し訳ないと思っていました」

「まだそんなことで悩んでいるのか、今度生まれる子が男であることを祈るばかりだ。それでいいんだ。じゃあ、明日ここを出発するぞ」

「道中、気を付けていきましょうね」

翌日、氏重一行は、下野富田から遠江久野に向かった。

遠江久野藩への国替え

元和5年（1619）秋に氏重家臣団は遠江久野藩に続々と移住してきた。この時には家来にも家族が増えていて、笹川藤七には3人の男児が、隼人にも男子1人女子1人の子供ができていた。藤七は鷲津に、隼人は国本に屋敷を構えた。氏重も久野城に入り、正室の笹姫や子供たち（あき姫、鶴姫、こと姫）の部屋を区分けし、身の回りの物の配置を考え一段落したところで一休みした。この時、氏重は24歳であった。

「笹姫、下野富田からの引っ越し、よう頑張った。こちらに来てこの遠江久野の第一印象はいかがかな？」

「のどかでいいわね。来る途中に見えた富士山がとても美しくて印象的でした。ここから見る富士山は、手前にある粟が岳で見えなくて残念です」

「少し移動すれば見える。ただ、夏場は湿気が多いのでくっきり見える日は少ないが、冬は乾燥しているのでよく見えるよ、冬は雪をかぶるから一層きれいに見えるよ」

城入りした翌日、氏重は、藤七と隼人に藩内を案内するように指示した。

「殿、城の東側は、少し離れたところに原谷川が流れていて、その流れは、藩の最南端を横に東から西に流れています。東側から見てみましょう」と言って氏重が乗った馬を東に向けた。

「この川のさらに東側は掛川藩になります。この川が下って、お城の南側に達し、その先は、西の太田川に合流して、遠州灘に流れます。この原谷川と太田川の川沿いに田んぼが広がっています」

氏重は「南の方に法多山という寺社があると聞いているがそれはどこにあるのか」

「この原谷川の南の山、あの山は小笠山と言ってこの先の掛川や菊川に延びていて、法多山は山の西側にあります」

「また、日を改めて行ってみよう」

「殿、城下町は、お城の南側に流れている原谷川と並行して町並みがあります。ここは東海道の宿場町袋井宿として発展してきております」

「可睡斎と油山寺はどの方角にあるのか」

「可睡斎はお城から西の方角で、その先に太田川が流れています。あと油山寺は、お城の北の方角にあります。その油山寺のさらに北の方角には、赤石連峰から延びる山岳につながっていて、そこに流れる川沿いに民家が点在しています」

「そうすると、遠州三山と呼ばれる神社仏閣が三角形の位置にあり、その中心に久野城があるのじゃな、じゃあ、今度、可睡斎にも油山寺にも行ってみよう」と言って藩内を馬で一回りした。

　翌々日、氏重は、遠州三山を回ろうと藤七と隼人に声を掛けた。

　藤七が、「殿、遠州三山について少し勉強してきました。北西にある可睡斎は、曹洞宗万松山可睡斎で、その十一世の仙麟等膳《せんりんとうぜん》が、今川家の人質となっていた幼少の徳川家康を助けたことにより、家康の厚遇を受け、東海の大僧録司《そうろくす》として駿河、遠江、三河、伊豆四か国の諸寺を取り締まる名刹となった寺です。可睡斎という寺号は、仙麟等膳が浜松に家康からよばれたとき、疲れと老齢のために居眠ったのを見て、家康が「和尚《おしょう》睡《ねむ》る可《べ》し」といたわったことによります。境内後方には秋葉総本殿もあり、もと秋葉寺(天竜川の上流)にあった三尺坊威徳大権現《だいごんげん》を移したもので、俗に秋葉三尺坊、三尺坊大権現と言われ、火防《ひぶせ》の霊仏として名高いことで有名です。北東にある油山寺は、真言宗医王山油山寺で、行基大徳によって開山された真言宗のお寺で、すべての人の穏やかな暮らしと無病息災を祈り、行基上人が本尊の薬師如来を奉安された寺院で、目の霊山として知られています。南方にある法多山は、真言宗法多山尊永寺で、聖武天皇の勅命を受けた行基上人により創建された寺で、厄除け観音として知られています」

「じゃあ、これらの寺にお参りに行こう」と言って遠州三山を回った。

氏重は、月に3～4日は藩内を見て回ることにしていた。そこで藩の民の生活を見て困っていることや事件が起きていないか確認していた。ある日、町中で旅人が倒れていたので駆け寄って、「大丈夫か、意識があるか、どこが痛いのか」と聞くと下腹の痛みを訴えていた。氏重は隼人に「隼人、医者をさがして連れてきてくれ」と指示し、隼人は近くの民家に聞きに回った。しかし、この久野藩には医者がいない、医者は掛川藩に行かないといないと聞き「殿、この久野藩には医者がいなく、掛川藩に行かないといません」と報告した。氏重は、すぐに、この氏重が乗ってきた馬の手綱を隼人に渡し、掛川藩のその医者を連れてきてくれと指示した。隼人はすぐに掛川藩に向かい、医者を連れてきた。その医者が手当てをして旅人は気を取り戻した。氏重はその医者に感謝して、その医者に対し「この久野藩には医者がいないが、あなたの弟子で久野藩に来てくれる医者はいませんか」と聞いてみた。その医者が「まだ一人前ではないが弟子がいます。その弟子を久野藩に来るように指示します」と言ってくれ、約1ヶ月後に引っ越してきてくれた。

久野城に引っ越してきて元和6年（1620）の夏が到来し、原谷川や太田川で鮎や鮠、鯉やうなぎがとれることを聞き、氏重は、隼人や藤七をつれて川に行き、魚とりを行う毎日が続いていた。八月中旬になったある夕刻、聞きなれない念仏が聞こえてきた。

氏重は、「あの笛太鼓は何事なのだ」と聞いた。

旧臣にきいたところ、「かさんぶく」だと教えてくれた。氏重は、「かさんぶくとは何か」と問いただすと、

「かさんぶくは、徳川家康様と武田信玄が戦った三方が原の戦いで亡くなった人をとむら

う、子供たちの念仏であります」と教えてくれた。

さらに氏重は「それはどういう時に行われるか」を問うと、

「この1年で亡くなった初盆の家に子供たちが集まり、念仏踊りをして供養するものです。子供たちは念仏踊りをしたその家の人から、芋や果物をもらうというものです」

氏重は「なるほど、それは面白いのう」と言って感心した。


この年の9月に笹姫が第四子を出産した。

その日、産声が聞こえ氏重は産婆に「男か女か」を訪ねたが、産婆は「女子です」と答え、一瞬残念に思ったが、親子無事であり、笹姫に「ようやった」とほめた言葉をかけたが、笹姫は「殿、今回もすいませんでした」と詫びてきた。

「笹姫が詫びることではない。よく頑張った。それで、名前は、さえ姫とする」と伝えた。

氏重は、赤ちゃんを見て「さえ姫、よく生まれてきてくれた。ありがとう」と声を掛けた。

民との交友

元和6年（1620）の秋になり、氏重は、並木善衛門に命じて、地元の庄屋6名を集めた。

最初庄屋6名は、何事かと恐る恐る登城してきて謁見の間に通されていた。

氏重が謁見の間に入り、明るく、

「私が、北条氏重である。この度、下野富田から国替えになって来ました。今後ともよろしゅう頼む」と声を掛けた。善右衛門のはからいで、続いて庄屋6人が自己紹介をした。

氏重は次に、

「今日集まってもらったのは、この久野藩をもっともっと良い藩にしたいのだ。ついては、良い藩にするにはどうしたらよいか、みんなの話を聞きたいのだ。といって、気の利いたものはないが、酒と肴を用意した。まずは食べてくれ」と言って、6人と氏重の前にお膳を配置させまずは一献と酒を注いで回った。庄屋たちは、その動作にびっくりして、

「殿様、滅相もありません」と言ってお膳から引き下がってしまった。

「それでは注ぐのはやめるが今日は無礼講でいいぞ」と言い、

「今日は、それよりも皆の意見が聞きたいのじゃ。この藩内で困っていることはないか。あったらそれを教えてほしいんじゃ」

庄屋たちは、最初は、なかなか口を割らなかったが、徐々に打ち解けてきて、話し出し

た。一人の庄屋は、「原谷川が梅雨や台風のとき川が氾濫して家が流されたり、水浸しになって困っている」と言った。続けて太田川近くの庄屋も「俺の近くの太田川も同じだ。この川の氾濫がなければどれほどよいかのう」「そうだのう、今この久野藩の一番の問題はそれだのう」

氏重は、「そういえば、今年の夏も川が氾濫したなあ。それじゃあ、わかった、この藩の課題の第一は治水をどうするかにしよう。ほかには何かないか」

次に出てきたのは、

「殿様、前の殿様の時は、幕府の命による荷役仕事が多く、人足集めが大変でした。そこを何かよい手立てがあればありがたいと思います」

「やはりそうか、これはどこも同じだのう。その他には何かないか」

一人の庄屋が、「殿様、この藩の農家は貧乏農家が多いので収入をもっと増やしたいが何か手立てはないですか」と言った。

「今の収入はどんなものが多いのか」

「今は、お米とみかんの他はないと同じです」

「わかった、何か考えてみる。ほかはないか」

ある庄屋が、「最近街道沿いに往来が多くなってきたが、その客を狙ったスリ盗難が多く、旅人が困る場面が出ています。窃盗団のような者がいます。これをなんとかしていただけますでしょうか」

「そうか、そんな悪者がいるのだな、調査して懲らしめることにしよう」

氏重は、「じゃあ、第二の課題は幕府の命による荷役仕事だな、そして第三は貧乏農家を救うための手立てだな。そして最後は窃盗団の排除だな。わかった。考えてみるので皆もよろしく頼む」と言ってこの場はお開きとした。

氏重は、庄屋を返したあと、側近を集め、

「皆の者、今日出た課題について皆の意見を聞きたい」と言った。

笹川藤七から「殿、第一の課題の治水について、治水の必要性は十分理解していますが、行うには、まず先立つものが必要です。われらはまだ引っ越してきたばかりで、お金に余裕はありません。ここから手を着けないといけません」

氏重は「そうか、そうだのう、何かよい手立てはないかのう」

藤七は「検地を見直すのも一つの方法ですが、他に思い当たることがひとつあります。それは、第三の課題と重なりますが、農家をお米以外に何か畑か山を開拓してできた作物を藩が買ってそれを売ったらどうでしょうか」

氏重は「なるほど、それはよい案だのう。もう少し具体的に考えてみてくれ」

次に山本安兵衛が、「殿、第二の課題の幕府の命による荷役仕事ですが、これは、先の富田藩で行った、三分割のやり方でどうでしょう」と言った。

氏重は、「そうだのう、三分割はいい方法だからね、これは近々、幕府から指示がくると思うので。その時のために、事前に準備しておくように」と安兵衛に申し付けた。

次に、殿様、と言って申し出たのは萩田隼人で、

「藩内を見回ったところ南部と西部は川に面して田んぼが多いが、北には山があるから山で取れるものを農家に推奨してつくらせたらどうかと思う」

氏重は、「それは私も考えた。そこで何を栽培させるかが問題だ」

家老の並木善衛門が、「この地は気候が穏やかなので、お茶の栽培はどうかなと思います。お茶は、亡くなった大殿（家康）様や豊臣秀吉は茶会などで茶をよう飲んでいたと聞いております」

そして最後の窃盗団については、「善衛門、町内を管理する奉行に命じて、その者たちをあぶりだしてくれ」と言ってこの対策打ち合わせは終わった。

2日目に、善衛門から報告があり、「窃盗団一味は、7名でお金持ちがいたときに集合し、一人がそのお金持ちに声をかけ、風呂に入れたり、川で水浴びしている時、2人で金子を盗み、残り4人が見張りに立つというものです」

「それはどのように聞き出したのか」

「町中に数名の者を調査役に指名して繰り出し、一人の調査役が聞き出してまいりました。その者によると明日、お金持ちがここに来るので、実行することになっています」

「よく分かった。奉行が20人の家来をまとめ、その窃盗団が窃盗するときに飛び込み捕えてまいれ」

「かしこまりました」と言って明日の準備についた。

翌日、窃盗団は、予定どおりに一人の者がお金持ちに近づき、湯殿に案内し、仲間に連絡して盗みに及んだ。それを陰で隠れて監視していた家来が飛び込み、7人をまとめて捕らえた。そして城に連れて行き、牢屋に入れて、窃盗に及んだ理由などを聞き、約10日間、牢屋で反省させ、百叩きの刑で釈放した。

その5日後、江戸幕府から久能山東照宮の修繕荷役の指示が来た。指示は12月〜2月までの3ヶ月で、春から秋の農作業に関係がなかったから、藩の民は安堵したが、荷役作業は10人が出るように指示があり、人選が問題となった。

山本安兵衛は、

「殿、予備役2名を追加して計12名とし、各庄屋ごとに2名を出すようにしたいと存じます」

氏重は「各庄屋2名なら平等だのう。よし、それで行こう」と言った。

こうして久能山東照宮の修繕荷役に12名と山本安兵衛および家来2名の計15名で日本平に向かった。

一方、萩田隼人は、駿府や牧の原など茶所を訪ね歩き、お茶の栽培を手がけている職人を探し出してきた。その者によれば、この遠江の東にある久野藩は茶の栽培に適しているといい、苗木も分けてもいいと言ってくれた。一番茶が終わったころ苗木をとりにくるように言われた。

山本安兵衛は、庄屋に対し、

「庄屋の皆さん、これからも幕府から荷役の指示が来ると思うが、6つの庄屋を均等に荷役者を割り振るのでよろしく頼みます。そして、農繁期に重なる場合は、荷役に出ている家の農作業を残っている人で穴埋めするように割り振ります」と連絡した。

庄屋たちは「それはありがたいことです。よろしゅうお願いします」と言って喜んだ。

笹川藤七は、

「殿、お米以外の産業を掘り起こすため、北側の山側を開墾して茶畑としたらどうかと思いますがいかがでしょうか。場所もこのあたりが良いと思います」と明示した。

「そうか、お茶が取れるようになれば、この藩の農民も張り合いが出るのう」

元和7年（1621）が始まると、藩内の北側に位置する家の者が山を開墾して茶畑にしていった。しかし、実際に摘み取りが始まるには6〜7年かかり、それまで生育に手間《てま》隙《ひま》がかかるが、お茶が出来たら藩が買い上げるから頑張るように指導した。

一方、お城の南側の東海道沿いに住んでいる者には、東海道の宿場町として通行人や宿泊者に芋や玉子、川魚などを振る舞い、それらの売上げを多くするように藩を挙げて取り組み、一割を上納させた。

「隼人、町内の者も、目標が持てて活気が出てきたのう」

「みんな、張り切っています。そして、お殿様に感謝しています」

氏重は、治水についてまだ未着手であったのが気がかりで、重臣の者を集め相談した。

「当面は、冬場に、各庄屋から5名ずつ出させ治水工事をさせることで進めたらどうか」

山本安兵衛が「そうですね。また分担して荷役を勤めれば文句も出ないでしょう。当面は、応急工事が必要な場所を2月から3月に行い、残りは11月以降に行うこととしましょう」と言って氏重が決めた。

元和8年（1622）の10月には笹姫が第五子を出産した。氏重は、また、産婆に「今度は男か」と尋ねたが、「殿様、残念です、女子です」と言われた。

氏重は、「笹姫、女子だけどようやった。母子健康がなによりじゃ。お疲れ様」と声を掛けた。

笹姫からは、「殿、またもや、ごめんなさい。どうしたら男の子が生まれるのかしら」と嘆いた。

「そんな嘆くことはないよ、女の子であれ子供は多いほうがいいに決まっておる。また頑張ればいいじゃないか。それで、今度の子の名前はちか姫とする」と言い、ちか姫が誕生した。

ちか姫誕生を知った藩の民が、誕生のお祝いを行うといってきた。そして、夜になったら、雪洞をかざし、笛を吹き、太鼓をたたいてお城まで行列を作って上ってきて、野菜や果物を献上してくれた。

庄屋の口上は、「お殿様、ちか姫様の誕生おめでとうございます。健やかな成長を祈念しています。藩内の民は、殿様が来ていただいて藩内が明るくなり、皆が協力し合うようになりました。ほんとうにいいお殿様が来てくれて全員が喜んでおります。これからもご指導お願いします」であった。

これに対し、氏重は、「この久野は、気候や地勢がいいところに加え、民の皆が気持ち良く藩に協力してくれて感謝している。これからも、皆の協力も必要となるのでよろしく頼む、今日はありがとう」と言って結んだ。

民が帰った後、氏重は正室の笹姫に、「この久野はほんとうに良いところだね」と言って、夫婦でこの久野に来たことを喜び合った。

笹姫は「でも、我々には男の子は授からないのかなあ」と言うと、氏重は、「こればっかりはどうしようもないね」と言われ、二人で残念がった。

こうして、元和９年（１６２３）を迎えた。前年に原野谷川や太田川の治水もほぼ完成し、北の山側の開墾も進み、実質的石高も増加してきていた。

徳川家光の将軍宣下（1623年）

徳川家光は慶長9年（1604）8月12日に将軍徳川秀忠の次男として江戸城で生まれ、母は豊臣秀吉の養女達子姫（浅井長政の三女お江）である。幼名は竹千代で、乳母の福（斉藤利光の娘で後の春日局）に育てられた。1606年に弟の国松（後の忠長）が誕生する。

秀忠は、忠長を寵愛していて、竹千代を廃嫡しようとしたが、福が駿府の家康に実情を告げ、家康が世襲の順を守るようにと秀忠に命じ竹千代の世襲が決定した。

元服は元和6年（1620）に行われ、竹千代から家光に改め、従三位権大納言に任官した。

元和9年（1623）7月に、家光は伏見城で将軍宣下を受け、正二位内大臣となったが、秀忠は政権移譲した後も大御所として実権を掌握し続けた。そして8月には、摂家鷹司家から鷹司孝子が江戸にくだり12月に徳川家光に輿入れした。

氏重は、江戸城に出向き

「家光様、此度は、鷹司家との婚儀、まことにおめでとうございます。お祝いに遠州久野で取れたお茶、山芋、みかんなどの地のものと取り寄せた茶器を持参いたしましたのでご笑納ください」

　家光も、「氏重殿、遠路お祝いに来ていただき、ありがとう、厚くお礼を申す」との言葉があった。

　氏重は、「家光様の弟である正之様を保科家に養子として預けられたことに対し、私はたいへん喜んでおります。高遠は今は雪に覆われていますが、春になれば、お城の山一面に桜の花が咲き、それは見事でございます」

「おう、そうか、正之は元気で暮らしているのかなぁ」

「保科家では正之様を皆で支え、大事に育てていると聞いております」

「それは良かったのう」

　氏重は江戸城に来たので、お世話になった土井利勝にも挨拶して久野に戻った。

　元和10年（1624）には、4月17日に元号が元和から寛永に変わった。これは、後水尾天皇〈天皇の在位：慶長16年（1611）5月から寛永6年（1629）年11月〉が天皇として在位していたが、徳川幕府は家光が将軍となったことを記念して年号を変えたものである。

　この少し前、元和6年（1620）6月18日には、後水尾天皇に徳川秀忠の五女である和子が皇后として入内した。

そして寛永2年（1625）11月13日、皇子である高仁親王が誕生し、寛永3年（1626）10月25日から30日まで二条城への行幸が行われ、徳川秀忠と家光が上洛するため東海道を通り、掛川城で宿泊された。

この時の掛川城主は、駿河大納言徳川忠長の附家老・朝倉宣正が二万六千石で城主であった。

氏重は、掛川城に参内しお祝いの挨拶を秀忠と家光に述べた。

「秀忠様、家光様、此度は高仁親王のご誕生、誠にお喜び申し上げます」

秀忠からは、「氏重、よく来てくれた、これからも遠州地方を頼むぞ。加えて、そちの久野藩にも今回、家来の者たちが宿泊させてもらっており感謝する」とのお礼の言葉もいただいた。氏重は「滅相もございません。当然のことでございます」とありがたく受け止めた。

一方、家光の弟の忠長は、幼少のころから秀忠に寵愛され、元和8年（1622）8月、信濃国佐久郡六万石と小県郡の一部を与えられ大名となった。寛永元年（1624）7月には駿河国と遠江国の一部（掛川藩領）を加増され五十五万石を知行し駿河大納言と言われるようになっていた。しかし、忠長は将軍の弟であることを理由に、大御所の秀忠に対し、百万石を賜るか、大坂城の城主にしてほしいと迫った。秀忠は、この話を聞いてあきれて愛想がつきて、この要求は無視することにした。この当時の忠長は将軍の弟ということで諸大名からもてはやされていたが、秀忠や家光をはじめ幕臣たちが忠長をこのままにしていたのでは、将軍が二人いることになりかねないと懸念をし始めた。寛永３年（１６２６）10月25日から30日まで二条城への行幸にも随行したが、大井川へ幕府に無許可で橋をかけたり、駿府で武家屋敷造成のため寺社を郊外に移そうとして反対され、家光や幕府から風当たりが強まった。

氏重はこのようなことは知らずに、駿府まで出向いてお祝いを述べに伺ったが、城内があわただしく、忠長との面会はかなわなかった。

その後の忠長は、寛永３年（１６２６）11月３日に母のお江が亡くなったのを機に、深酒をし、問題行動が目立ち始め、浅間神社近くの賎機山で神獣である猿を１２４０匹殺したり、駕籠の担ぎ手の尻を脇差で刺し、逃げたところを殺害し、寛永7年（１６３０）12月鷹狩りに出かけた時、寺で休息した際に小姓が雪で濡れていた薪に火を付けられなかったことに癇癪を起こし手打ちにしたことなどから、家光の堪忍袋の緒が切れて、甲府に蟄居を命じられ、その後、上野国高崎へ移され大信寺において切腹してこの世を去っている。

この時の大老は、土井利勝と酒井忠勝で、土井利勝は忠長を擁護してきたが、最後には擁護しきれずに、酒井忠勝の命で忠長は切腹した。このこともあり、この二人の仲は、悪化していった。

将軍秀忠公への思い

家康死後、家康遺臣の一部を幕閣に取り込み、秀忠は将軍親政を開始した。これまで江戸政権を支えた近臣である酒井忠世・土井利勝ら老中を幕府の中枢として、自らリーダーシップを発揮する。また駿府にいた家康の旗本のため、江戸に駿河町が新たに整備された。

元和2年（1616）にはキリシタン禁制に関連して、中国商船以外の外国船寄港を平戸・長崎に限定した。また次男の国松（徳川忠長）を甲府藩主に任じた一方、家康が生前に勘当した弟・松平忠輝を、改めて改易・配流に処した。6月には軍役改定を布告し、親政開始に際して改めて自身の軍権を誇示した。

元和3年（1617）5月26日に秀忠は諸大名へ所領安堵の黒印・朱印状を与え、同年には寺社への所領安堵状を発している。

元和5年（1619）に秀忠は上洛して、伏見・京のみならず大坂・尼崎・大和郡山を巡っている。公家の配流、福島正則の改易、大坂の天領化、大坂城の修築と伏見城の破却、徳川頼宣の駿府から紀伊への転封をはじめとした諸大名の大規模な移動を命じた。京ではキリシタンの大規模な処刑を命じておりキリシタン禁制を強めた。

元和6年（1620）6月18日、娘の和子を中宮として後水尾天皇に入内させ、9月6日、秀忠の2人の男児竹千代と国松は共に元服して、家光・忠長と名乗らせた。

元和8年（1622）1月には諸大名へ妻子を江戸に住まわすことを内々に、また大身家臣の人質も江戸に送ることを命じた。

元和9年（1623）6月25日に上洛をして参内すると、将軍職を嫡男・家光に譲り、父・家康に倣って引退後も実権は手放さず、大御所として二元政治を行った。当初、駿府に引退した家康に倣って自身は小田原城で政務を執ることを考えていたようだが、結局は江戸城西の丸に移った。

寛永3年（1626）10月25日から30日まで後水尾天皇の二条城への行幸の際には秀忠と家光が上洛、拝謁した。寛永7年（1630）9月12日には孫の一宮が天皇に即位し（明正天皇）、秀忠は天皇の外戚となった。

寛永8年（1631）には忠長の領地を召し上げて蟄居を命じるが、このころから体調を崩し、寛永9年（1632）3月14日に逝去。享年54、満52歳であった。

北条氏重は、秀忠の訃報を聞き、すぐに江戸に行き、葬儀に参列した。氏重と秀忠とでは15歳離れた従兄弟であるが、家康に続き二代将軍の秀忠にもたいへんお世話になり大名にも取り立ててもらったにもかかわらず、なにも恩返しができないまま、お別れすることとなり、後悔がふつふつと沸いてきた。

葬儀の後、三代将軍の家光に

「家光様、此度のお父上のご逝去、誠に残念でありお悔み申し上げます。家光様の悲しみがひしひしと伝わってまいります。しかし、これからは、家光様の世となり、立派な施政でこの日の本をよりよい方向に導いていただけることを信じております。これからもご指導よろしくお願い申し上げます」と挨拶した。

その後、烏帽子親である土井利勝に挨拶して遠江久野に帰った。

その後、戦もなく、久野城下も四季折々おだやかな毎日が続いていた。

久野藩では、落ち着いた藩の運営が続いていたが、この時期5人の氏重の娘が嫁いでいった。

寛永7年（1630）に長女のあき姫が徳川氏譜代の内藤忠清の正室に、寛永8年（1631）に次女の鶴姫が伊勢の国菰野藩主になった土方雄高の正室に、寛永11年（1634）に三女のこと姫が旗本の近藤重信の正室に、寛永11年（1634）に四女のさえ姫が旗本の大岡忠高の正室に嫁いでいる。

このころの藩内の民のくらしの中では、白山信仰が根づきつつあった。それは、遠江から美濃に向かい、美濃馬場《みのばんば》と呼ばれる長瀧寺を中心とする町がありそこから美濃の白山に登り崇拝してくるものだった。法多山で毎年1月6日に行われる田遊び祭りはこの長瀧寺で行われたものが原型となっている。この法多山をはじめこの地域の真言宗の寺院、油山寺、赤尾山の長楽寺、岩松寺などの鎮守は白山神であった。山岳信仰は、この時代から白山、立山、富士山の三山をめぐる三山禅定と呼ばれ室町時代から続いている。

寛永11年（1634）になると幕府は、次の新たな武家諸法度を定めた。

大名は、領地と江戸とに交互に住むこと。また、毎年4月に江戸に参勤すること

五百石以上の積荷船を作ってはならない

幕府の許可なしに勝手に結婚をしてはならない

服装は、分相応なものを着なければならない

氏重は側近に、「この新たな武家諸法度の意味するところは何か」と質問した。

山本安兵衛は、「殿、これは、お金を使わせるためです。領地と江戸に交互に住み、毎年江戸に行くには相当なお金が必要です。これにより、地方の外様大名を中心にお金がなくなり、武器の購入やお城の守りの強化などをさせないためです」

氏重は、「それが目的だな。五百石以上の積荷船の造船も戦で使えなくするためだな。結婚も勝手に行うと藩同士の結びつきが強くなり幕府に対抗する勢力を作らせないためだ。服装についてはどういう意味だ」

隼人が「戦が無い世の中になったので武士も質素倹約に努めるようにとのことだと思います。派手な服装で徒党を組むことを防ぐことも含まれていると思います」

「そうだのお」

藤七が「やはり、この武家諸法度は、幕府に立ち向かう集団を作らせないための施策です」

氏重は、「ところで、これから参勤交代が始まると、久野城より西にある国の藩主は、

参勤交代で久野城下を通過することになる。そうすると、久野城下で一夜を過ごす藩もあり、城下は大いににぎわうのではないか」

「殿、にぎわうと思います」

「そこでだ、城下町にある宿屋だけでなく庄屋や町家も協力して迎え入れるようにして城下を挙げておもてなしをしたらどうかということだ」

「殿、それはいい考えです。庄屋や町家に協力してもらいましょう」

「じゃあ、すぐに取り掛かってくれ」

笹川藤七が、「殿様、そうしたら宿泊場所の食事に大きな差がでないように、夕餉や朝餉の食事は統一するように調理方法を書いた紙とその野菜を配ったらどうでしょう」

隼人が、「先日袋井宿でたまごふわふわというものを食べましたが、あれはこの袋井宿の独特な調理で朝餉に出したらいかがでしょう」

「袋井宿に来たらたまごふわふわが食べられると知れればそれを目当てに来る者もおるかもしれんのう。それも良い案だ。宿泊した藩の者には楽しんで宿泊してもらい、その対価はしっかりと貰うことにしようぞ」

藤七は「殿、それを城方と宿泊した宿屋で分けるんですね」

「それが、藩のねらい目である」と言って、参勤交代の宿泊者を受け入れた。

久野藩に泊まった藩の者は、久野藩での宿泊が良かったことを他の藩にも言い伝え、久野城下に泊まる藩が多くなった。当然、任期を終え自分の藩に帰るときも久野城下に泊まるよう段取りをして、また泊まってくれる藩が多くなった。

このような日々が続き寛永16年（1639）が終わった。

この年には、最後の娘である五女のちか姫が酒井忠次の孫の酒井忠時の室に嫁ぐ話が持ち上がった。

山本安兵衛は、

「殿、ちか姫様を嫁がせて良いのでしょうか？　婿をもらうという選択肢もあると思いますが」

「いやあ、婿をもらうのも、養子をもらうのも同じだからいいよ。それより、酒井家と姻戚関係になればより我家の家系も強固なものとなるのでな」と言われた。

この時は、まだ、末期養子が禁止されるとは夢にも思わなかったのである。

寛永17年（1640）2月下旬、春がもうすぐそこに来ているのがわかる、暖かい日であった。
　この日珍しく、早馬が城門に駆けつけた。藩の者は何事かと城の大広間に集まってきた。そこで氏重が受け取った幕府からの命は、下総の関宿藩に二万石にて国替えとのことであった。
　これを最初に見た氏重は、また引っ越しかと驚きを隠せなかったが、五千石加増の二万石なのでほんとうは喜ばなくてはいけないと思い直した。そして集まった皆に
「皆の者、幕府からの命は、下総の関宿藩に二万石にて国替えとのことだ。また引っ越しで忙しくなるぞ」

第4章　流浪の藩主

寛永17年（1640）　久野藩から関宿藩へ

幕府から連絡を受けた北条氏重は、下総関宿藩に引っ越しするため、また、笹川藤七と萩田隼人を先行して調査に向かわせた。

約1週間後に戻ってきた藤七は、

「殿、今度の下総関宿藩は、江戸城から北の方角に位置し、日光やみちのくの基点となる場所です。先の下野富田藩よりは江戸に近く、暴れ川で坂東太郎の名がつく利根川のほとりにあり、江戸川と利根川の分岐点に位置します。南を見れば関東一円が見られる場所でもあり、北関東の要衝です。戦国時代に北条方と上杉方の間で激しい戦の関宿合戦が繰り広げられた場所で、北条氏康は、『この地を押さえるということは、一国を制することと同じである』と言ったと伝わっています。関宿合戦では、北条氏康、氏政、氏照が上杉謙信、佐竹義重の援助を受けた梁田晴助の守る関宿城を3度にわたり攻撃し、最終的には北条氏が勝ち、北関東進出の拠点とした場所です」と報告。

隼人は「前任の藩主は、酒井忠次殿の三男、小笠原信行殿の長男の小笠原政信様です。政信様は7月に病死して後を継いだ婿養子の小笠原貞信様が10歳であったため、氏重様が移封されることになったと聞きました」

「お城や街並みはどうか」

「お城は、利根川を望む場所にあり、一通りの城構えはできております。城下は、田畑に囲まれ、町屋は点在しています」と藤七が答えた。

二人からの報告を聞いた氏重は、まだ見ぬ関宿藩への思いをめぐらせた。

しかし、今は、氏重にはやらなくてはいけないことが山ほどあった。そのひとつが、横須賀藩への引き継ぎである。氏重が統治していた久野藩は氏重の関宿藩への移封で廃藩になり横須賀藩になることが決まっている。その引き継ぎも順次実施していた。また、久野から関宿についてくる家臣の選別も重要な任務であった。

氏重は山本安兵衛に尋ねた

「安兵衛、下野富田藩からの移封の時は60名の家臣がついてきたが、今回は何名関宿に行くと申しておるのか」

「はい、今回の関宿への移封は70名が関宿に行きます。ただ、家老の並木善衛門ほか10名はこの久野に残り、この久野で仕えることになった家来のうち20名が関宿に行くことになりました」

近くにいた家老の並木善衛門が「殿、私はもう年なので関宿には行くことができません。たいへんお世話になりました」

「いやぁ、善衛門、よくやってくれた。感謝するぞ。これからも達者でな」と氏重は、長年家老として藩を支えてくれた並木善衛門にお礼を言い、後任の家老として山本安兵衛を任命した。

関宿に出発する日の3日前に、氏重は、6人の庄屋を集め、別れの杯を交わし、今までのお礼を述べた。

「庄屋の皆、これまでよう藩のために尽くしてくれた。感謝するぞ」

これに対し、庄屋の代表から、「殿様がいなくなるのはさみしゅうございます。我々は、こんなに心配りをしてくれる殿様は初めてで、ほんとうにありがとうございました。またえらくなってこの遠江に帰ってきてください。関宿に行かれても、お体に注意して、益々のご活躍をお祈り申し上げます」と言ってお礼と別れの挨拶があった。

氏重は「そちたち藩の者が、私の指示に従ってくれたからこそ、こうしてこの藩にいられたのです。皆の者、本当にありがとう。これからも、皆が協力してこの地域を発展させていってくだされ。よろしく頼みます」と締めくくった。

関宿への出発の前日、氏重は家臣を集め、「皆の者、この久野藩での役目、ご苦労であった。この藩では戦は無かったものの、台風や大雨など自然災害に苦労したが、皆の努力のおかげで被害も最小限に食い止めたと思っている。また、皆の努力の結果，米の収穫や旅籠などの年貢が予想を上回り、財政的にもやりくりが楽にできた。そして藩の皆の笑顔が増えたと思うぞ。皆の者、ほんとうにありがとう。これから関宿に行くが、これからも一緒に良い藩をつくろうぞ」と言って久野藩の労をねぎらった。

その夜、氏重は自室で「笹姫、この久野での生活、ご苦労であった。ここにきて何年になるかのう」

「殿、ここにきて20年になります」

「そうか、もう20年になるのか、子供たちも5人とも嫁がせて二人きりになってしまったな。これから、関宿というところに行くが、一緒についてきてくれ」

　こうして、氏重一行は関宿に向かった。途中、江戸城に寄り、将軍家光にお目通りして、ご加増のお礼と関宿藩の隆盛を誓う挨拶をした。

「家光様、此度、関宿藩への移封と五千石のご加増、まことにありがとうございます。関宿は、北関東の要の藩と聞いております。また、利根川や江戸川の水運も活発とのこと、これらをしっかりとまとめ、少しでも幕府のお役に立つように努めてまいります」と挨拶した。

　家光からは「氏重殿、久野藩藩主で大いに東海道の往来を活発にしてもらった、ご苦労であった。これから行く関宿も海運の重要な城だ。しっかりと任務を果たしてくだされ」と励ましの言葉があった。

　関宿に着いた氏重は、前任の小笠原政信家臣だった河野作十郎という者から場内の説明があった後、藤七と隼人が計画した城下の町割りなどを家臣に明示、自分は関宿城の本丸にて休んだ。

「笹姫、この関宿城はどうかな」

「はい、利根川がよく見えてよい場所かと思います」

　翌朝、藤七と隼人に命じ、城下を案内させ、城下町の概要をつかんだ。城に戻り一段落すると、河野作十郎が面会に現れ、家来にしてほしいと申し出があり、話を聞くことにした。作十郎は前任の小笠原家が美濃高洲藩に移封されたため、残務整理や引き継ぎのためここに残ることになり、前任の小笠原家から、北条家に移ることも認められていると申し出た。

氏重は、そのほかにも作十郎から話を聞き、これから必要になる人材だと確信し家来にすることを認めた。

引っ越し作業は、徐々に進んではいるが、一段落するのに４ヶ月ほどかかってしまった。この間、氏重は、作十郎から、この関宿藩の役割、利根川、江戸川の水運の活用などを教えてもらった。

関宿藩の役割

河野作十郎は氏重に

「殿、関宿藩の役割は、江戸と日光の中間、みちのくへの街道の中間に位置するので、往来の動きなどから不振な動きがないかにらみを利かすことと、利根川、江戸川の分岐点でもあり、水運での不審な動きがないかを見定める役割も担っております。そして、この水運をいかに活用するかもこの藩の重要な課題でもあります」

氏重は、さっそく、笹川藤七、萩田隼人、河野作十郎の3名に、利根川、江戸川の活用方法を調査するように命じた。

3人は、この川沿いにある街を歩いて、または船に乗って調査して回った。

そして、約1ヶ月後、3人は氏重に調査結果を報告した。

隼人から、「地理的には、利根川の支流として江戸川がありその分岐点はここ関宿にあります。江戸に物資を運ぶために、松戸や箱崎に荷物を届ける水運はすでに小規模な船で行われています」

藤七から「利根川沿いの銚子や野田では、米、小麦、塩、大豆などの運搬があることが調査でわかりました。なかでも、銚子と野田では、これらを使って醤油の生産が始まっています」

河野作十郎は、「殿、銚子と野田で作られたこの醤油を江戸の町内に届けたいと思います」

氏重は、「ならば、醤油をたくさん載せられる船を造船し、利根川を上り、この関宿から江戸川に入り江戸に届ける方法を検討したらどうか」

「それはいいですね。すぐに動いてみます」と藤七が答えた。

笹川藤七は隅田川の河口にある造船所に行き、醤油を大量に運搬できる川船の造船を依頼した。萩田隼人は、利根川の上流も含め、米、小麦、塩、大豆を大量に売ってくれる庄屋を探した。河野作十郎は、銚子や野田の醤油作りの家を歩き回り。大量生産する業者を探した。そして銚子では浜国家が、野田では飯山家が名乗りを上げた。そして半年後、水運用の船が完成し、銚子や野田から江戸に向け醤油の運送が始まった。

半年後に、このことを知った幕府は、氏重を大いにほめた。

寛永18年（１６４１）に入ると、初夏には畿内、中国、四国地方でも日照りによる旱魃が起こった、また、秋には大雨となり、北陸では長雨、冷風などによる被害が出て大雨、洪水、旱魃、霜、虫害が発生するなど日の本全土で異常気象となった。みちのくでは太平洋側より日本海側の被害が大きかった。

この影響は氏重の関宿藩にも大きな影響をもたらした。米不足も深刻であったが、小麦、塩、大豆を使う醤油農家にも大きな打撃があった。

氏重たちはこの打開策のうち手が見つからず、倹約しか手立てがないと指導した。

当時江戸幕府では寛永通宝を発行して貨幣の統一を図っていたが、過剰鋳造による市場への大量流出に加えて不作による物価高騰で銭の価値が急落してきた。この年の12月には鋳造の全面停止に追い込まれ、幕府は公定相場での寛永通宝の買い上げや東西間の交通の維持のために東海道筋などの宿場町の支援に乗り出した。不作はさらに翌年も続き、百姓の離散や人身売買など飢饉の影響が出はじめると、幕府は対策に着手した。将軍徳川家光は諸大名に対し、領地へ出向いて飢饉対策をするように命を出した。

この命を受けた氏重は、藩内の庄屋を集め、蔵に保存してある米があれば供出するように、そして、とにかく倹約するように指導した。

翌6月には諸大名に命じて、倹約のほか米作離れを防ぐために煙草の作付の禁止や人身売買の禁止、酒造統制（新規参入、在地の酒造禁止および江戸、大坂、京都、並びに街道筋での半減）雑穀を用いるうどん・切麦・そうめん・饅頭・南蛮菓子・そばきりの製造販売を禁止した。また、お救い小屋の設置など、具体的な飢饉対策を指示する御触れを出した。

氏重は、この御触れに対しても、適切に庄屋を通して藩内に指示したが、ただ、藩内では食べるものが不足してきていたので、痩せこけた土地でも収穫ができる蕎麦や、さつまいもなどの根菜類を植えるように指導し、また、利根川でとれる川魚を多くとって食するように指示した。

なおこのとき、譜代大名を飢饉対策のために、領国に帰国させたことがきっかけとなって、譜代大名にも参勤交代が課せられるようになった。

寛永19年（１６４２）末から寛永20年（１６４３）にかけて餓死者は増大し、江戸、大坂、京都の三都への人口集中が発生した。幕府や諸藩は浮浪者の身元が判別した者は各藩の代官に引き渡した。また米不足や米価高に対応するため、大名の扶持米を江戸へ廻送させた。そして3月には田畑永代売買禁止令を出した。

関宿藩では、大名の扶持米を江戸に送るため醤油の輸送船を当てて輸送した。また、氏重が指示した、蕎麦や根菜類、川魚の利用は役に立ち、食べるものが無くなったこの地域の中では関宿藩は餓死者が少なかった。

大飢饉の背景としては、寛永から正保（１６３０年代から１６４０年代）における東アジア規模での異常気象のほか、江戸時代初期の武士階級の困窮、参勤交代や手伝い普請、将軍の上洛や参拝などのように、武断政治を進めるための幕府や藩の多額の出費、年貢米を換金する市場の不備などの様々な要因が挙げられている。

幕府は武士の没落を驕りや奢侈によるものととらえ、武家諸法度などで倹約を指示していた。寛永12年（１６３５）の武家諸法度の改定で、幕府は参勤交代を1年交代で行うように義務付けていたが、その一方で参勤交代にあまり費用をかけすぎないように呼びかけている。武士の困窮は百姓に対するさらなる収奪を招き、大飢饉の下地になったと言われている。

氏重の関宿城での生活は、娘5人がすべて嫁ぎ、寛永の大飢饉もあり城内での生活はさびしいものであったが、その分、藩内改革を進め、やはり、藩内の庄屋9名を集め、改革の打ち合わせをして課題を見つけ、その解決に勤しんでいた。

寛永20年（1643）氏重は48歳になっており、この当時末期養子（死ぬ前になって養子縁組をして跡を継がせること）は禁止されていたので、養子縁組を進めていた。その相手として、松平定綱の次男である松平定良を内定していたが、定良の実兄が早世したため養子縁組の話は流れてしまった。それでも家老の山本安兵衛を中心に養子になってくれる人を探したがなかなか見つからず、重臣たちは、氏重の血縁関係や幕府に対する貢献から、末期養子が認められると思っていた。

正保元年（1644）に入ると、氏重は、徳川家とのつながりを考え、

「私は、日光東照宮にお参りに行きたいと思っている。ただ、参勤交代の列と間違われないように少人数で行きたい」と重臣の者に行った。

重臣の6名をつれ7名で日光東照宮に参った。

「殿、この日光街道も杉並木がすごいですね」と言いながら日光に着き
「この陽明門の艶やかさは群を抜いていますね」

寛永12年（１６３５）に徳川家光公による大改修ですでに陽明門や三猿などの彫刻も出来上がり立派な日光東照宮になっていた。

氏重一行は、徳川家康をまつる東照大権現にお参りしてそのあと、奥日光にも行った。中禅寺湖、華厳の滝、竜頭の滝、湯滝と見て湯元温泉で湯につかり、引き返した。

日光詣での帰りに氏重は、体調を崩していると聞いていた古河藩にいる土井利勝を見舞った。氏重は「利勝殿、体調はいかがですか」「おお、氏重殿か、よく来てくださった。私も今はこのように臥せってしまい、昔の面影はなくなってしまった。氏重殿、今は関宿藩でしたな。昔の元服式や笹姫との婚儀が懐かしいのお」

「はい、その節は、利勝様に大変お世話になりました。そして、その後もいろいろとご指導いただきたいへん感謝しております。利勝様にはまだまだ教えてもらわなくてはならないことが山ほどあります。これからは体を治してまたご指導をお願いします」と言って部屋を出た。その半月後、土井利勝がこの世を去ったことの報告があった。氏重は古河の方角に向けて土井利勝の冥福を祈った。

寛永19年（1642）5月になって、また江戸から早馬が来て、幕府から五千石の加増で駿河田中藩へ国替えの命の親書を受け取った。

氏重は重臣を集め「皆の者、幕府からの命が届いた。今度は、五千石の加増で駿河田中藩へ国替えだ」

山本安兵衛は「駿河田中藩ですか、前の久野藩に近くなるのう。ありがたいことだ」

皆も「そうだなぁ。ありがたいことだ」と喜び合った。

氏重も自室に入り「笹姫、駿河田中藩に国替えになったぞ」

「殿、また、久野の近くに移るのですね」

「そうだよ、関宿での生活は4年で終わることになった。また引っ越しで忙しくなるぞ」

「殿、あまり無理しないでくださいね」

氏重は、関宿藩の重臣を集め、駿河田中藩への移封の説明を行った。

「皆の者、此度幕府から駿河田中藩への国替えの命が届いた。この関宿では、海運の活用や、日光街道や奥州街道の見張り役の役目などこの藩の役割を認識して役目を果たした。また、藩内の改善活動にも積極的に取り組んでくれて大変感謝している。これからは、駿河の国の田中藩に行くが、引き続きよろしく頼む」と締めた。

そして笹川藤七と萩田隼人には、先行して駿河田中藩の調査を指示し、家老の山本安兵衛と河野作十郎には、関宿から駿河田中に行く家臣の確認や、譜代大名の牧野信成に引き継ぐ準備をするように命じた。

駿河田中藩への国替え

正保元年（１６４４）５月には、氏重は家臣ともども駿河田中藩に来ていた。ここは、江戸と京を結ぶ東海道沿いにあり、東に駿府城、西に掛川城がある場所で、南は駿河湾の海で北は南アルプスの赤石山脈につながっている。

以前、遠江久野から駿府や江戸に向かったときに通った場所なのでなんとなく土地勘はあった。笹川藤七と萩田隼人からの報告では、駿河田中藩は漁港の焼津港も藩の所有地に含まれ、海の魚介類も取り扱うことになるとの報告があった。

氏重は、駿河田中城の広間に重臣を集め、挨拶し、

「皆の者、大儀であった。ここは、東海道の往来で何度も通ったことのある所なので何となく知っているところも多いでしょう。しかし知らないこともあるでしょうから、ここからは、先の藩主であった、異父兄、松平信吉の次男で、私の甥の松平忠晴殿の家臣である

堀内重勝からこの田中城の説明をしてもらいます」

重勝から「この城は、四重の堀に囲まれ亀城ともよばれ、直径5町（約600m）の同心円形にできている珍しい城です。この城は天文6年（1537）に駿河の今川氏によって築かれたお城で、元亀元年（1570）の武田の駿河侵攻で我が徳川軍に対抗する駿河西部の重要な拠点の城と位置づけされました。天正10年（1582）の我が徳川軍の甲州征伐の際は、武田軍が強硬に抵抗しましたが、武田家を離反した穴山梅雪の説得で開城、徳川勢が以後入城しています」と説明がなされた。

この集まりの後、堀内重勝から氏重に家来にしてほしいとの依頼があり、氏重はその申し出を受け入れた。

駿河田中藩の活性化

氏重は、駿河田中藩に着いたその夜、自室で、笹姫に「今度の駿河田中城の印象はいかがかな」

「やっとお城に着いてほっとしているところです。堀がお城の周りに幾重にも重なり一風変わったお城ですね」

「そうなんだ、こんなに堀が多いので外部からは攻めにくいお城になっておる」

「でも、ここは雪が降らないところみたいで暖かな良いところだと感じました」

「ここで新たな生活が始まるのでよろしゅう頼む」と言って床に入った。

引っ越しが落ち着いた6月の初め、氏重は、漁港の関係者を集めた。

「漁港の皆の者、漁港の活性化のために何かできることはないか」と皆に聞いた。ある漁業者から、「魚は生ものなので、遠くまで売りに行けないが、干物にすれば長持ちするので、干物を多く作るようにします」

「そうか、私も家臣に命じ駿府城や掛川城に焼津で上がった魚介類を食べてくれるように頼んでくるぞ」

漁港の関係者は「えぇぇ、殿様が、我々のために動いてくれるんですか」とびっくりしていた。

「私も頑張る、ただ、当然のことではあるが、漁港が活性化されて、売上が伸びればその分年貢もいただきますので、藩の財政も潤うことになるんだ」

勘定奉行の笹川藤七は「この漁業の年貢で引っ越し費用が賄えるといいね」と前向きに漁業の活性化に取り組んだ。

その後、幕府からは、久能山東照宮の改造への協力依頼が来て、各地区の庄屋を集めて、今までと同様に交代で人を出させた。

また、この駿河田中藩の藩主は老中などの幕閣の登竜門で、江戸城への登城も求められた。ただ、氏重は、幕府の運営にはあまり興味がなく、江戸城での勤めはあまり快く思ってはいなかった。

それよりも、焼津港にあがる海産物の運用をいかに活発化させるかに興味があった。

正保5年（1648）、駿河田中藩にもやっと慣れてきて、活気に満ちた城下町を作るためにはどうしたら良いかを藩の重臣たちと話をしていた矢先、幕府より、早馬が届いた。

氏重は重臣を集め

「この度、遠江掛川藩に国替えの命であった。掛川藩は久野の隣だしそんなに遠くではない」

家臣たちは「じゃあ、また久野の近くに行くのじゃ、うれしいのう」と喜び合った。

氏重から「後任の藩主は酒井忠世の甥の西尾忠昭殿です、引き継ぎをたのむ」と伝えた。

掛川藩への出立の前日、氏重は家臣を集め「皆の者、いよいよ明日、掛川に移動する。この田中藩においては、漁業の活性化や久能山東照宮の造営役などを成し遂げ、大変ご苦労であった。掛川藩はすぐ近くだが、引っ越しは荷物も多くたいへんである、事故がないように引っ越してくれ、そして、これから行く掛川藩を今以上に素晴らしい藩にしようぞ」

と言って田中藩を締めくくった。

第5章　終焉の城（掛川城）

藩主着任（戻ってきた我らの殿様）

幕府より、掛川藩への移封は五千石増加の命で、以前藩主を務めていた旧久野藩を掛川藩に吸収する条件であった。

氏重は当然、掛川藩の領域、役割、暮らし向きなどは理解していることに加え、前任の藩主も駿河田中藩で引き継ぎを受けた松平忠晴なので、今回の国替えはたいへん楽な国替えであった。

北条氏重が掛川藩主になったこと、そして旧久野藩が掛川藩に併合されたことは、旧久野藩の町民から大いに歓迎され、旧久野藩の庄屋から、聞き及んでいた掛川藩の庄屋の皆々も大変喜んだ。

慶安2年（1649）に入り、氏重は、掛川城に落ち着いたところで、重臣を集めた。

「皆の者、駿河田中から掛川への移動につき大儀であった」と皆の労をねぎらったあと続けて「この掛川藩は、今川の家来が築城し、山内一豊が増築した城で出世城でもある。これからは私がこの城ばかりでなくこの藩を改善し、笑顔あふれる藩にしたいので皆の協力を頼む」と結んだ。

その後、掛川藩および旧久野藩の最近の状況を確認するように指示を出した。

3日後、各地域に分割して調査を実施した結果がまとまり、担当別に報告があった。

隼人から「殿、治山治水については、西の太田川、北から流れる原谷川や逆川について、夏の大雨のときは川の氾濫がまだ続いています。北の山側について、茶畑が多く造成されてきてはいるが、赤石岳や山岳地帯に向けて山の整備が進んでいません」

藤七から「参勤交代で宿場が必要なときはあるが、常時宿屋に宿泊客がいるわけでなく、平準化が必要です。食べ物については、米、野菜、水産物、みかんやかきなどの果物がとれ、まず不自由はありません。特に久野藩の時に植えたお茶は、みごとに成長しております」

これらの報告を受けた後、氏重は、地区別に庄屋を集めて食事をとり打ち合わせを行った。

最初の庄屋の集まりでは、倉真地区の岡田家から
「赤石岳から延びる山岳地帯の治山をどのように進めるべきかご指導いただければ助かります」

これに対し、氏重は、「山を抱える庄屋は皆で相談して、計画的に整備する山の場所を決め、この山の整備に携わった者に、その地域住民から、米や野菜、果物などを各家から供出させて配布したらどうかと提案した」

「それはいいと思います」と反応しそれをやってみることになった。

次に話し合いをしたのは石野の庄屋の窪野家で、

「原谷川の川沿いに真言宗の長母寺という寺があります。この寺の住職が不在になり、管理がままならないため、曹洞宗の可睡斎に相談したところ、一株禅易禅師により、曹洞宗に宗旨替えして、寺名も明香寺にして新たな住職を受け入れたい。加えて、今ある場所は原谷川沿いにあり、水害が耐えないので、南の山側に寺を移したい」との申し出であった。

氏重は、「曹洞宗は座禅の修行で自身を鍛える宗派であり、また、可睡斎は徳川家康様がお世話になった寺でもあるので、進めるように」と言い渡した。

このようにして掛川藩は少しずつ繁栄していった。

太田川、原谷川、逆川の治水については、山岳地帯の治山の対応と同じように、その川沿いの庄屋が集まって、協力して治水にあたり、各家から、米や野菜の提供を得てその代償として、配るように指示した。

このような対応は、旧久野藩の庄屋は知っていたが、旧掛川藩の庄屋も大変喜んだ。

各和の庄屋から

「殿様、お茶の栽培が順調になってきましたが、どこかで大量にお茶を買ってくれるところはありませんかねぇ」

「今は、どのようにして売っているのか」

「今は抹茶にして、豪商やお城に売っています」

「そうか、では、お茶を飲んでもらう売り先をもっと多くしたらどうだ」

「それは、どうしたらよいでしょう」

「今は、一般庶民はごはんを食べた後は水か白湯で済ましていると思うが、それをお茶に変えたらどうか」

「それができれば、売り先が大きく広がります」

「そこでじゃ、今は抹茶で飲んでいるが、葉を乾燥させて、飲む前に湯で戻してお茶を飲むようにしたらどうか」

「なるほど、やってみます」

次に加茂の庄屋から
「この掛川の山には葛が取れ、昔から細々と葛を使った合羽などを作っておりますが、これを掛川の特産品にしたらどうかと思います」

「それもいいね、それでどんなものが葛でできるかのお」

「はい、お侍さんの裃や掛け軸、財布や小物入れなども作れます。また葛は、葛湯で飲んだり、葛切り、葛餅、葛饅頭などで食べることもできます」

「それはいいね。ぜひ進めてくれ。お城で使えるものがあれば持ってきてくれ、買い上げるからのお」

日坂の庄屋から「東海道の日坂峠で通行人を襲う追いはぎ集団がいます。そやつらは、事任八幡宮近くに集まって、日坂峠で旅人を襲っています」

「わかった。すぐに調査して退治するようにするぞ」との話し合いは終了した。

この追いはぎの件は、すぐに奉行に指示し、奉行は、配下の者にその実態を調査するように指示を出した。

調査してきた者によると、「追いはぎ集団は10名ほどで、その親分は江戸から流れてきた浪人で、日坂峠で一休みしたところでその旅人を襲い、ほとんどの所有物を奪い取っていき、奪われた旅人は日坂宿に駆け込んできます」

「よし、それならば、家来がお金持ちそうな恰好をして、荷物を多く持つ男と女の町人の旅人に扮して日坂峠を越えてこい。そしたら、追いはぎたちは襲うだろう。そこを、家来30名を与えるので、一網打尽に捕らえてまいれ」と指示した。

3日後、奉行から、氏重に「日坂峠の追いはぎを一網打尽に捕らえてまいりました」と報告があった。

氏重は奉行に「大儀であった。して、その追いはぎはどのような者たちであったか」

「はい、親分と3人は、江戸からの浪人の流れ者でしたが、残りの6人は、この浪人たちに脅されて駿府や田中方面から連れてこられた若者でした」

「そうか、その若者は、すぐ解き放し、生まれ故郷に帰るように言いなさい。浪人者は、一時牢屋に入れ、反省を促し、反省したら、我が藩の荷役職人に取り上げても良いぞ」と言ってこの件を落着させた。

その後、1年が経ち、お茶の作り方がいろいろと工夫され、蒸した後に手でもんで乾燥させる手もみ茶も開発され、それを飲む習慣も町屋から広がっていった。

一方、葛でできた掛け軸、財布や小物入れや葛湯、葛餅、葛饅頭など東海道のお土産として売れ始めてきた。

氏重が掛川に来て落ち着いてきたころ、側近に、「皆も、掛川の地に来て落ち着いてきたか」「やっとここでの生活も慣れてまいりました」

「そこでじゃ、我らは掛川という地に来たのだけれど、この掛川とはどんな理由で掛川と言われるようになったか知っておるか」と問うた。

「いえ知りません」「ではだれか確認してまいれ」

その2日後、隼人が「殿、掛川という地名の由来がやっとわかりました。それは城下に流れるこの逆川がよく崖が崩れることから欠ける川、崖川、掛川となった説を聞きました」

「そうか、崩れる川か」

藤七が、「私が聞き及んだ掛川の由来は、掛川宿の西の端に十九首という町があります。ここには、平将門とその一門19名を祀る塚があります。昔、関東一円を制覇した平将門が朝廷への反逆者とみなされ、藤原の秀郷によって討伐され、その検視のため19の首級は、京に運ばれる途中、京から来た検視の役人がここにきて検視を受けたのち埋葬されたという伝説が残っており、この時、川沿いに19の首級を並べて掛けたところから掛川と言われるようになったとの言い伝えがあります。それに加えて、この十九首というところは、徳川四天王の一人井伊直正殿の父親である井伊直親殿が井伊谷から駿府に向かう途中、ここで当時の掛川城主朝比奈泰朝らに討たれたところとされております」

「そんなところがこの掛川にあったのか、早速、供養に行かなくてはなるまいな」と言って、翌日、重臣の者を連れて供養を行った。

徳川家光の逝去と家綱の将軍宣下

慶安４年（１６５１）の４月19日に、江戸城にて徳川家光が脳梗塞で急に倒れた。その翌日20日にそのまま48歳で逝去した。幕府は急な出来事であったため、対応に右往左往したが、無事に通夜、葬儀を終えた。次に老中などの幕閣は、次の将軍を決めなくてはいけないが、幸いなことに、次の将軍は家光公が、長男の家綱に決めていたおかげで争いもなく決まった。ただ、将軍宣下のため、京にいる天皇家や全国の藩主への連絡などやることが多く手間取り、８月18日に江戸城において将軍宣下を受け、第四代征夷大将軍に就任し、内大臣に任じられた。

家光逝去の訃報を聞いた氏重は、重臣と相談した。

「私は、家光公が従兄弟の徳川秀忠公の子供という関係もあり、すぐに江戸城に駆けつけたいと思うがどうか」と言ったところ、河野作十郎が
「殿、将軍が亡くなったこの異常事態に、浪人が多くなったと感じていますので今後何が起こるかわからないと思います。従って、掛川藩の守備固めを行うことが肝要かと存じます」と言った。

氏重も「そうだのう、この掛川藩の守備固めを行うことにしよう」

隼人から、「幕府からは、何か連絡はないのですか」

「次の将軍は家綱殿が引き継ぐことになっているので、そのうちには連絡があると思うが、今はまだ連絡がない。だから幕府からの案内が来るのを待つことにしよう」と結論づけた。

由比正雪の乱

徳川家光が48歳で亡くなり、第四代将軍に徳川家綱が継ぐことが決まっていたが、家綱はまだ11歳で政治力が弱いと思った由比正雪は、幕府の横暴な施政に反発し、幕府の転覆と浪人の救済を計画した。それは、丸橋忠弥が幕府の火薬庫を爆発させ、江戸城を焼き討

ちにし、出てきた老中や幕閣や旗本を鉄砲で打ち、家綱を人質にとる。加えて正雪が、京の天皇を誘拐し政治の実権を握る手はずだった。

しかし、奥村八左衛門の密告により計画は事前に露見、7月23日に丸橋忠弥が江戸で捕まり、由比正雪も7月25日に駿府に来たときに捕まり、26日に自決した。丸橋忠弥も8月10日に江戸で磔の刑に処された。

氏重は、8月18日に執り行われる将軍宣下に参加するため、7月24日に掛川城を出発した。駿府城に立ち寄り、大久保忠成城主に挨拶したとき、この事件と由比正雪を捕らえ自決させたことを知った。全国にはまだ多くの浪人がいるので江戸に向かう場合には注意するように大久保忠成から話があった。

その後、江戸に着いたのは8月8日であった。すぐに江戸城に登城し、亡き家光の位牌に手を合わせた。その後、老中や幕閣の人と話をした。

氏重から「ご老中、由比正雪の乱は未然に防げましたが、浪人は、江戸だけでなく全国にいます。この浪人たちをどうするのか、幕府で何か策を打たれるのでしょうか」

老中の阿部忠秋から、「各藩で浪人を採用するように促すとともに、藩の改易を少しでも減らす施策を行います」

氏重は「具体的にはどのような手立てをこうじるのでしょうか」

「末期養子の禁を緩和することも一つの手立てと考えています」

「そうですか」と言って、氏重は、この末期養子が認められれば、北条家も改易にならずに済むとこの時点では甘く考えていた。

そして、この受け答えを聞いていた、大老の酒井忠勝は、なんで小国の一大名が幕府の行政に口をはさむのかと快く思っていなかった。

龍華院大猷院の造成

氏重は、由比正雪の乱以降、外様大名が浪人を集め倒幕を考えないようにするため、武家諸法度の強化を打ち出していることや、将軍が家綱に代わり、将軍家とのかかわりが遠くなりつつあると感じていて側近と相談した。

氏重から「三代将軍徳川家光公が亡くなり、私は、将軍家とかかわりが薄くなったと感じているが皆の者はどう思うか」

家老の山本安兵衛は、「確かに、殿は、二代将軍秀忠様と従兄弟であり、家光様は従兄弟の子です。その方が亡くなったのだから、将軍家とは縁遠くなりました」

氏重は「そこで、私が将軍家を敬っている証を何かで示したいのじゃ、何か良い方法はないかのお」

安兵衛が、「殿、日光東照宮に行った時、その建築物の美しさに驚きました。ですので、今度は三代将軍家光様（大猷院殿）の霊を祀った大猷院殿の霊廟を建立されたらいかがでしょう」

「それはいいことだ、すぐに取り掛かってくれ。日光東照宮のような豪華絢爛の建物にするのだぞ」と掛川城近くの龍華院に霊廟を建立し始めた。

明暦２年（１６５６）３月この霊廟は完成した。

この霊廟は、向拝正面には唐草・剣模様等が極彩色で描かれ、徳川家紋の三つ葉葵が所々にあしらわれている。木鼻には象の頭部が立体的に彫刻、金箔が施され、華麗さと躍動感が拝者の目を引いている。

内部の中央には箱型の金装飾された天蓋が天井から吊るされて、周囲は瓔珞により華麗に装飾されている。最奥には、須弥壇上に鎮座する春日厨子があり、厨子内部に大猷院霊牌が安置されている。

宝殿は、間口、奥行ともに３間（約５・５ｍ）の方形造、屋根は頂部に擬宝珠をいただき、前面に一間の向拝が付属している。装飾もきれいであるが調和のとれた建物全体の構成も見事である。

内部には、須弥壇と春日厨子が配置されていて、その背後には蓮の花と葉を描いた来迎壁がある。格天井の格間には極彩色の花鳥風月が描かれ、外装に劣らぬ華麗さが見る者を圧倒している。

内外ともに漆塗り、金箔張りと極彩色が施され、小規模ながら権現造の東照宮社殿を彷彿させる荘厳な建物である。

氏重は河野作十郎に命じ
「江戸の幕府に、霊廟が完成したことを報告しに行ってきてくれ」

「かしこまりました」と言って江戸に向かった。

江戸城に着いた作十郎は、老中に「此度、我が殿、北条氏重が、大猷院様の霊を祀った霊廟を建立しましたので、式典を行います。その式典に幕府の方の出席をお願いしたいものです」とお願いした。

式典の当日、幕府からの参加を待っていたが、式典が始まっても誰の参加もなかった。

幕府内では、ひとつの小大名が、だいそれたことをして、これでは幕府の面目が立たぬ、幕閣すべてがいらだちを覚えていた。このため誰も参加しなかった。

氏重は、どうして幕府の方が参加してくれなかったのか理解に苦しんだ。

実は、このころから幕府との仲の悪化が表面化し始めていた。

家老との悲しい別れ

明暦2年（1656）10月、家老の山本安兵衛は、後継問題を氏重に相談した。

「殿、北条家の後継として、高遠の保科家から養子縁組をお願いしたらどうかと思いますがいかがでしょう」

「そうだな、そろそろ養子を迎えないといけないな、私がいつ死ぬかわからないからな。じゃあ、高遠城主の保科正景に相談しに行ってきてくれ」

「かしこまりました」と言って、高遠と相談しに出向いた。

高遠からは、今の藩主の甥を紹介してきた。

「殿、高遠から今の藩主の甥を養子にしてほしいと話がありました」

「それはいい、ぜひ、その養子縁組を進めてくれ」と言われ、お互いの両家の了解は取り付け養子縁組の段取りを整えた。

そして、家老の山本安兵衛がその養子縁組を認めてもらうように幕府に申し出るため江戸城に登城した。

山本安兵衛からまずあいさつの後、

「掛川藩の我が殿、北条氏重殿に後継がまだ決まっていないので、実家の高遠の保科家から養子縁組を行いたいと存じ、幕府の了解をお願いしたいところです。そのため、ここに氏重殿の直筆の書状をもって申し出に参りました」

しかし、老中酒井忠勝から「山本殿、末期養子は50歳までと決められておりまして、ましてや、後継を自分で決めてくるなど、言語道断だ！　認めるわけにはいかない。掛川に帰って氏重殿にそう伝えよ」と言われてしまった。山本安兵衛は、酒井忠勝になんとかお取り上げいただけますようにお願いし続けた。この日は一旦引き下がり、翌日、ふたたび、酒井忠勝に申し出たが、もう聞く耳持たずと完全に断られてしまった。

山本安兵衛は、江戸城を出て、掛川に戻るまで、殿様にどのように話したらよいかずっと考え続けたが、よい案が見つからず。まずは、結果を殿様に伝えることにした。

掛川城に登城した山本安兵衛は、殿様の前に重臣を集め、

「殿、酒井忠勝殿から末期養子は50歳までと決められているとのことで我が藩の申し出の

養子縁組は認められませんでした。私は、何度も酒井殿にお願いを申し上げましたが、全く受け入れてもらえませんでした」と報告した。

河野作十郎は、「山本殿のお願いの仕方が悪かったのではないか」と安兵衛を糾弾した。

萩田隼人から、「それでは、養子縁組は認められなかった場合はどうなるのですか」との質問があった。

山本安兵衛は、「その場合は改易になる。改易とは大名の家を取り潰し、幕府のものになるということだ」と涙ながらに説明した。

「ええ、そんな、あまりにもひどいじゃないか」などと声が聞こえた。

ほかの参加者からも「改易になったら、俺たちはどうなるのだ」と次々と言い出した。

氏重は、「皆の者、静かにせい。山本安兵衛、大儀であった」と労をねぎらい、続けて「これは、安兵衛のせいではない、幕府が決めたことだ、私に男児がいなかったことに責任がある。私が死んだら改易になることが決まったからには、家臣を今後どうするか、これから皆で検討しようではないか」と言ってこの場はお開きとした。

氏重は、自室に入り、

「笹姫、高遠からの養子縁組を幕府に申し立てたが、認められなかった。これで、私が死んだら改易になる」

「ええ、そうなの、なぜ改易になるの」

「それは、私が悪かったのだ。50歳になる前に、養子縁組を決めるか、娘5人もいたのだから、その誰かが、婿養子をもらえればよかったのだ」

「そんなこと今更言われても後の祭りです。なんとかならないのですか」

「幕府の決めたことだ。土井利勝殿もいないし、幕府の老中への伝手がないのだ」

山本安兵衛は自宅に帰り、妻のやすと長男の達郎に、

「俺は大変な過ちを犯してしまった。俺のせいで、今のお殿様は改易、お家断絶となってしまった」と明かした。

妻のやすは「何言っているの、あなた一人のせいではないのでしょう」

「いや、俺が幕府の許可をもらわずに、大猷院殿の霊廟を建立したらどうかと殿に勧め、あとから幕閣の皆さんから批判を浴びたことや養子縁組の話を先に決めて幕府に報告したために、幕閣の皆さんが激怒したと聞いているので俺のせいなんだ」

「いや、違うわ、あなただけのせいではないわ」

「私は家老としてこの責任を取らなくてはならない。私がいなくなった時には、長男の達

郎がこの山本家を継ぎ、母のやすを大事にして家を守るようにしてくれ」と伝えた。

やすからは、「おまえさん、おまえさん一人が責任を取らなければいけないのかえ」

安兵衛は、「北条家がなくなるのだ、誰かが責任をとらなければならないのだ」

翌朝、山本安兵衛は自宅前で切腹自決した。

これを聞いた氏重は、

「安兵衛の責任ではないのに、なんで早合点したんだ。安兵衛申し訳ない」と言って泣き崩れた。

氏重はその日のうちに、笹川藤七と萩田隼人に山本安兵衛を丁重に葬るように伝えた。

笹川藤七と萩田隼人は、萩田隼人の家の菩提寺が、各和の永源寺であるため、永源寺の住職に依頼して、山本安兵衛の通夜、葬儀を執り行うこととした。

葬儀は永源寺で行われ、氏重が
「安兵衛、あなたはなぜ早まった。私の北条家がお家断絶になるのはあなたのせいではありません。私とあなたとの出会いは高遠であなたが私の守役としてついてくれた時からでした。私は、お城を抜け出すなどして迷惑ばかりおかけしました。それをあなたはやさしく見守ってくれました。私はそのころはあなたをお兄さんと尊敬していました。その後、下総岩富藩、下野富田藩、遠江久野藩、下総関宿藩、駿河田中藩、そしてこの掛川藩とその藩、その藩で活躍してくれました。本当にあなたには感謝しています。どうか、天国でやすらかにお休みください。さようなら」と弔辞を読んだ。

葬儀の後、氏重は重臣を集め家老を河野作十郎とすることを伝えた。

改易後の家来の行く末

笹川藤七には子供が3人、萩田隼人には2人の子供がいて、この5人はすでに元服し、お城で働いていた。藤七と隼人は、北条家が改易になるが、その後どうするかを話し合った。藤七は、「天下も徳川様が将軍で安定してきて戦もなさそうなので、俺は、侍をやめて農家になろうと思う」と話した。これを聞いた隼人も「そうだな、もう侍の時代じゃないよな、俺も侍はやめるよ」と言った。

藤七は、「隼人は萩田家に婿に入ったので、すでに田んぼがあるからいいよな。おれはどうしようかな」と言った。

一方、氏重は、石野地区の庄屋である窪野家から、

「以前横須賀藩の藩領であった土地が、氏重様が殿様になったとき、掛川藩の藩領に変更

になった土地があります。この土地が、荒れているのでなんとかならないでしょうか」との申し出があった。

そこで、氏重は、改易後のことを重臣に確認したところ、５名の重臣が侍をやめて農家になりたいと申し出があった。残りの家来は、次の藩主様に奉公したいと申し出ていた。

氏重は、隼人に対し「改易後はどうするんだ」と聞いた。

「隼人は、侍をやめてこれからは百姓になります。息子を山本家に養子に出すので、山本家には田畑はあるので大丈夫です」

「それは良かったのお。藤七はどう考えておるのか」

「はい、私も戦がない世の中になりましたので百姓になりたいと存じます」

「そうか、さすれば、藩内の石野地区に藩の領地があるがそこを与えるが、そこで田畑を耕してくれないか」

「それはありがたいことです。殿、よろしくお願いします」

氏重は、百姓になりたいと申し出た者のうち１名は萩田隼人であったので土地ではなくお金を与えることにしたが、残り４名は掛川藩の土地を払い下げすることにした。その中のひとつが石野地区で、ここは笹川藤七に渡すことにした。

その藤七には子供が3人いたため、藩からいただいた土地を3分割して子に引き継いでいる。

上嶽寺の開設

明暦3年（1657）に入り、氏重は62歳になろうとしていた。

氏重は側近に対し「私ももう年をとったなあと感じ始めている。でも足腰はこのようにまだ十分に動くから大丈夫だ。ただ、お父様からいただいたお言葉〝家臣や友達の親のことも考えて行動しなさい。大事なことは、家来や藩の民の者も皆、人であることは同じだ、人には平等に接し、その相手を思いやる心を忘れないように、社会に役に立つ人になりなさい。そして、自分が正しいと思ったことは思い切りやりなさい〟を胸に刻み今日まで過ごしてきた。自分では、このとおりに行ってきたつもりであるが、そなたたちから見てどうであった」と聞いた。

「殿様は、殿様が言われたとおりの人生を過ごしてこられました。殿様のおかげで、民の者がどんなに救われたか計り知れません」

「しかし、私も、そんなに長くは生きられまい。もし、自分が死んだ場合、どこのお寺にお世話になったらいいかのお」と重臣に相談したところ、隼人から「永源寺ではどうですか」との話が出たが、氏重は、「永源寺では皆と同じではないか、私は、新たなお寺を造営したいと考えている」と言った。萩田隼人が、「そうであれば、永源寺の南側に土地があるので、そこにお寺を建てたらどうでしょうか」と言い出した。

氏重は、「では近いうちに見に行ってくる」と言ってその場はお開きとなった。

その場所を見に行った氏重は重臣に、

「あの場所は、日当たりがよく、永源寺の目の前にあり、掛川城と久野城の中間にあるので、大変いい場所だ。すぐに大工を指名し、寺の建築を始めるように」と指示した。また、永源寺の住職に、大本山永平寺から住職を派遣してもらうよう交渉するように、萩田隼人に指示を出した。

氏重は、重臣に対し「新しいお寺の宗教はやはり曹洞宗がよいかのお」と投げかけた。

隼人が「曹洞宗がよいと思います」

「曹洞宗とはどんな宗教なのか誰かわかる者はおるか」

河野作十郎が「曹洞宗は、鎌倉時代に道元禅師により伝えられました。臨済宗などとともに鎌倉仏教の一つに数えられています。臨済宗の建仁寺で修業した道元は、宋に渡り天童山で曹洞宗の天童如浄により印可を受けました。安貞2年（1228）に帰国し、京都に興聖寺を開きましたが、比叡山から弾圧を受け、寛元2年（1244）に越前に行き、永平寺を開山しました。その後、瑩山禅師は多くの優れた弟子を育てあげ大衆化も進め、曹洞宗の基礎を固めました。曹洞宗では、道元を高祖、瑩山を太祖として崇拝しています。臨済将軍曹洞士民という言葉があるように、臨済宗が鎌倉幕府や室町幕府など武家政権と強く結びついていたのに対して、曹洞宗は地方の武士や民衆に広まっていきました。曹洞宗の教えの根幹は坐禅です。お釈迦様が坐禅の修行により悟りを開かれたことに由来し、曹洞宗の坐禅はただひたすらに坐るという「只管打坐《しかんたざ》」というものです。坐禅する姿そのものが仏の姿であるとされていて、悟りのための手段として修行するのではなく、修行と悟りは一体のものだという修証一如《しゅしょういちにょ》の教えに基づいています。曹洞宗の本尊には、一般的には釈迦如来を祀りますが、各寺院の縁によって観世音菩薩や地蔵菩薩を本尊とすることもあります。一般の家庭の仏壇では、一仏両祖の三尊仏といい、中央に釈迦如来、脇侍として向かって右に高祖・承陽大師（道元）を、向かって左に太祖・常済大師（瑩山）の掛け軸を祀ります。基本経典は、道元の正法眼蔵と瑩山の伝光録を尊重し、日常経典として正法眼蔵から文言を抽出してまとめた修証義や般若心経などを読みます。このような宗教であります」

　氏重は「そうか、それでは、曹洞宗に決めようか。ご本尊はどうするかのう」

　作十郎が「釈迦如来のご本尊に、脇侍として右に高祖・承陽大師（道元）、左に太祖・常済大師（瑩山）の掛け軸でいかがでしょうか」

「そうだのう、じゃあ、寺の住職になる者に聞いてまいれ」と作十郎に指示した。

　作十郎は、新しい住職になる者に確認して、本尊や掛け軸の手配も指示した。翌万治元年（1658）5月にその寺は完成した。次に、氏重は家紋をどうするか側近と話し合った。

「私は、北条家に養子縁組したので、三うろこの家紋かのう。三葉葵ではいけないだろうなぁ」

　作十郎は「はい、三うろこの家紋でないといけないと存じます」

「そうだろうなぁ。三うろこの家紋にしよう」と決めた。

　6月に氏重はその寺の名前を上嶽寺とし落慶法要を実施した。そのお寺には、本尊に木造の釈迦如来が安置され、両脇侍として右に高祖・承陽大師（道元）、左に太祖・常済大師（瑩山）の掛け軸がかかっていた。

最後の鷹狩り

その日は、万治元年（１６５８）９月28日、朝から晴れ渡った秋晴れの日であった。

氏重は笹姫に

「笹姫、暑さも一段落してきたので、そろそろ体も動かさないといけないので、久々の戦の訓練として、倉真の山に鷹狩りに出かけたいと思う」

「殿様、行くのはいいと思いますが、もうお年のことも考えて無理をなさらずに行ってきてくださいね」

「ああ、わかっておる」と言って出かけた。

「藤七、お前は左から回ってウサギを追え」

「隼人は、右からだ。私は真ん中からウサギを追うからな」と言って狩りを行った。

午前中は、野うさぎ、キジなどの収穫があった。

そろそろお昼にしようと言って日陰に集まった。

隼人が「やはり、外で食べる握り飯はうまいのお」

藤七が「殿、あの雉うちは見事でしたね。まだまだ腕は鈍っていませんね」

氏重は「まだまだ腕は落ちていないぞ。午後はもう少し山に踏み込んだところに行こう」

隼人が「猪が出るといいのになあ」と言って茶化した。

氏重が「さあ、もうひと踏ん張りしようか」と言って馬に跨った。

氏重が馬に乗ってしばらく行き、やがて草むらに近づき、三方から攻めるため別れた。

氏重は兎を見つけたため、馬の歩みを速めたところ、草むらの中に窪みがあり、乗っていた馬がその窪みに足を取られ転倒した。

「あっ！」と言って倒れたが氏重は頭と体を強打した。

すぐに家来が氏重にかけより、

「殿、殿、大丈夫ですか」と声をかけたが、反応なく、このときの氏重は意識がない状態だった。

すぐに、藤七が「竹を担架の長さに切ってまいれ」

隼人が旗を持ってきて「これで担架を作ってくれ」と差し出した。

皆で交代で殿をお城まで運んだ。そしてなんとかお城までたどり着いた。

笹姫や家老の河野作十郎が出迎えて「殿、大丈夫ですか？」と声をかけたが無言であった。

家老が、すぐに医者に診てもらうようにと指示し、医者が見て「頭を打って意識を失っているが、それよりも内臓を強く打たれています。薬では治らないと思います」と言った。

その後、様態は回復せず、10月1日朝7時に息を引き取った。享年63歳であった。

この時、枕元には笹姫や家老、重臣たちが集まっていた。

そして息を引き取った時笹姫は「殿〜」と言って泣き崩れた。

重臣たちも泣き始め収拾がつかなくなってきた。

この時、家老が、「皆の者、殿が亡くなったことは大変残念だ、でも、悔やむのもここでとどめ、すぐに埋葬の準備をするのだ」と言った。

家老の作十郎は、重臣を集め相談した。

「通夜はこの掛川城で行い藤七、お前が責任をもって取り計らってくれ、通夜は氏重様の近親者と掛川藩の家来で行うこととするように」

「葬儀は上嶽寺で行い、俺が取りまとめる」

「隼人は、上嶽寺の住職に連絡をとることと、幕府への報告、高遠、駿府などの殿の関係する藩に書状を送ってくれ」

「かしこまった」

「堀内重勝殿は、香典返しやその日葬儀に来てくれた人の接待を受け持ってくれ」

「承知した」

こうして近習たちは動き出した。

通夜は、掛川城本丸で行われ、上嶽寺の和尚の読経の後、夜中までろうそくを絶やさないように見守った。

死に化粧が済んだ氏重のもとに笹姫が寄り添い声をかけた。

「殿様、若い時の殿様は元気が良かったそうで、お母様にいっぱいあまえたそうですね、私と初めて会った時も、町屋に好きな女子がいたと聞きましたよ。でも私と会ってからは、私を大事にしてくれて本当にありがたかったよ。子供5人も生むことができて私は本当に幸せ者です。こんないいお殿様のもとにこれたのですから。殿様と一緒に国替えで行ったところも、殿様がいつも見守ってくれたからどこも楽しかったよ。ほんとうにありがとうございました。もう少したったら私もそちらに行きますので待っててくださいね」と別れの言葉を述べた。

葬儀の日が来て、氏重は上嶽寺に移され、祭壇に安置された。

葬儀に参列した者は、駿府や浜松、横須賀などの近隣の藩の代理人をはじめ藩内の庄屋など許された者が参列した。

上嶽寺の和尚の読経の後、家老の河野作十郎、奉行の萩田隼人、勘定方笹川藤七が弔辞に立った。

作十郎は「殿、私を残してどこに行かれるのですか。殿にはまだやってもらいたいことが山ほどあります。まだまだ我々家臣を指導していただきたいのです。殿がいなくなることはこの北条家が無くなることになります。たいへん残念でなりません。でも、現実を見ればもう殿は戻ってくることはかなわず。この北条家も改易になることを思うと悔しくて悔しくてなりません。殿、私も追って参りますのでまたご指導よろしくお願いします。殿が次の世でも殿であって幸せに暮らせますことをお祈りいたします」と読んだ。

次に隼人が「殿、子供のころから一緒に遊び、育ち、大人になり、戦で怖い思いをし、子供の出産、成長、藩の国替え、藩の民の喜びを一緒に受け、行動し、考えてきましたね。それが、殿と一緒にいた私の人生そのものです。殿、ほんとうにありがとうございました。まだまだ殿には教えてもらうことがいっぱいありますがもうそれもかないません。そして、この北条家が改易になってしまうことが悔しくてたまりません。私はこれから、百姓にな

ります が、殿様から教えてもらった人生の生き方に倣って頑張ります。殿様も次の世の中でも我らの殿様でいてください。さようなら」と結んだ。

藤七は「殿、一緒に過ごした下総岩富藩、下野富田藩、遠江久野藩、下総関宿藩、駿河田中藩、そしてこの掛川藩、たいへん楽かったですね。大坂の陣では、たいへん怖い思いをしましたが、今は遠い昔の思い出になりました。殿と一緒に過ごした時は、私はいつもたのしくいろいろなことを考えていました。殿のその発想はどこからくるのかといつも疑問に思っていました。その機転が利いた発想がこれから聞けなくなるのはとても残念です。

これから、北条家は改易になり、ほんとうに残念です。でも、改易の前に、私に石野の土地を管理するようにご手配いただきありがとうございます。今後は百姓で頑張ります。殿も、次の世でも必ず殿様になって、我らの殿様でいてください、家臣も藩の民も殿様の指導を待っています。ありがとうございました。そしてさようなら」と読んだ。

葬儀は、無事終わり、その後荼毘に付された。

葬儀の翌日、家老の河野作十郎が殿様の後を追い殉死した。

河野作十郎は、「北条氏重という立派なお殿様に奉公ができ、家老にまで取り立てていただき、大変感謝している。でもこの北条家はこれで改易になり、この責任の一端は私にもあります。もう武士でなくなるのなら、殿についていきます。家中の皆さん、お世話になりました」と結んだ遺書が残されていた。

翌日、上嶽寺で河野作十郎の通夜が、翌々日に葬儀が執り行われた。

われらの殿様

氏重逝去の報は庄屋から町民に知れ渡り、藩中が悲しみにあふれた。

氏重の葬式への参列は、庄屋のみとすることが伝えられたが、町中の住民からは、俺たちも葬式に参加させてほしいと申し出があった。しかし、武士と町人のけじめを優先して断った。

上嶽寺の住職により10月3日に掛川城で通夜、4日に上嶽寺で葬儀が執り行われ、この日は藩中が喪に付した。

葬儀に参加できなかった町人たちは、庄屋に集まり、10月10日から行われる、お祭りは、亡き我らの殿様をしのび、悲しいけど、大いに盛り上げようということになり、隣の庄屋にも連絡が回った。これを聞いた掛川藩の重臣は、祭りは今までは城方の許可で行ってきたが、これからは無礼講で良いと御触れを出した。これにより、藩中をあげて、「われらの殿様」を祭りあげることになった。

そして10月10日、各町中で笛、太鼓を鳴らし、「北条の殿様ありがとう！　我らの殿様ありがとう！」「おいしょら、おいしょら」と町中を練り歩いた。祭りはこれをきっかけにして以降無礼講で実施することになった。

北条氏重が亡くなり、家老の河野作十郎が殉職して四十九日が来て、二人の遺骨は、上嶽寺の裏の墓地に埋葬された。墓はその後亡くなった氏重の正室笹姫の分とともに三基並んだ。その墓からは、東海道の往来がよく見え、その後の街道の動きを末永く見続けていた。

完

参考資料

北条氏重の北条は後北条（鎌倉時代の北条でなく初代北条早雲の北条）の系統である。氏重が引き継いだ北条家は、その昔、遠江の高天神城主に福島上総介正成がいる。その子、左衛門大夫(上総介)が相模に移って北条氏綱に仕え、娘婿となって北条綱成となり、氏繁、氏勝とつないだが氏勝に子供が無くこのままでは、北条家が絶えてしまうため、氏重が養子となり北条家を引き継いだ。

正成――綱成（福島綱成）――氏繁――氏勝――氏重（保科氏重）

後北条の二代目の氏綱の娘婿になった福島正成の子綱成は北条姓に改姓する。相模国の玉縄城主（鎌倉市）綱成が―氏繁―氏勝と続いたが、その氏勝が秀吉の小田原攻防の時、徳川家康に降伏し、後に家康の家臣になり、その後下総方面の北条方諸城を無血開城に導き、その功により下総国岩富藩（一万石）を与えられた。その後、領地内の検地や関ヶ原の戦いでの功績を重ね、徳川秀忠からの信頼も厚くなった。しかし、その氏勝に子が無く亡くなり、北条家が改易となるところを、氏重が北条を引き継いだ。

北条氏重の室は杉原伯耆守長房（二万五千石　常陸国新治郡小栗庄）の長女で氏重との間に5人の女の子を産み育てた。

その子供5人の嫁ぎ先は次の通りである。

長女＝内藤出雲守忠清（五千石）の室

次女＝土方杢助雄高（伊勢国菰野藩　一万五千石）の室

三女＝近藤織部重信（四千三百石）の室

四女＝大岡美濃守忠高（二千七百石）の室

五女＝酒井和泉守忠時（七千石）の室

氏重は明暦2年（1656）に城内長松山臨泉寺の境内に龍華院を建立、慶安4年（1651）薨去した三代将軍家光の霊牌の下賜を願って霊屋を設けるほど、徳川家に忠節ぶりを示したが、家名の断絶は避けられなかった。

氏重は万治元年（1658）、66歳で病死したと伝えられているが、一説には、正月に馬の初乗りで落馬したのが原因であったといわれている。子供は男子がなく娘が5人であったが、娘に婿を取り嫡子として家を継がせることもできたはずなのにすべて他家に嫁がせたのは幕府が一代限りと定めていたのではないかと推測されている。

慶安4年（1651）12月、幕府は末期養子の禁止を緩めて50歳以内の者に認めたが、氏重は高齢のため適用されなかったとされている。

年表

年	世の中の出来事	氏重の関連事項	歳
天正10年（1582）	本能寺の変		
天正12年（1584）	小牧・長久手の戦い	父保科正直と母久松多劫姫が結婚	
天正13年（1585）	豊臣秀吉が関白になる	姉の栄姫生まれる	
天正14年（1586）		姉の清元院生まれる	
天正16年（1588）		兄の保科正貞生まれる	
天正18年（1590）	豊臣秀吉が天下統一	姉の貞松院（よう）生まれる	
天正20年（1592）	文禄の役	保科正光が多胡城主に	
		姉の高運院生まれる	
文禄3年（1594）		保科貞光は保科正光の養子に	
文禄4年（1595）		氏重生まれる	0
慶長2年（1597）	慶弔の役		
慶長3年（1598）	豊臣秀吉死去		

慶長5年（1600）	関ヶ原の戦い		
慶長6年（1601）		保科正光が高遠城城主に 父保科正直死去 祖母の兄の土井利勝が小見川藩主となる	6
慶長8年（1603）	徳川家康が江戸幕府を開く		
慶長9年（1604）	徳川家光が生まれる		
慶長10年（1605）	将軍職を家康から秀忠に		
慶長12年（1607）	徳川義直を尾張に封ず 徳川家康が駿府に入る		
慶長14年（1609）	徳川頼房を水戸に封ず		
慶長15年（1610）		祖母の兄の土井利勝が佐倉藩主となる	15
慶長16年（1611）		北条氏勝の養子となり岩富藩一万石を継ぐ 岩富は、小見川と佐倉の間にあり	16
慶長18年（1613）		下野富田藩に転封	18
慶長19年（1614）	大坂冬の陣	大坂冬の陣　榊原康勝に属し岡崎城の守備	19

慶長20年（1615）	大坂夏の陣　豊臣氏が滅びる 武家諸法度・禁中並公家諸法度公布	伏見城番	20
元和2年（1616）	徳川家康死亡		
元和3年（1617）		保科正光が正之（秀忠の子）6歳を養子に	22
元和4年（1618）		母保科多劫姫死去	23
元和5年（1619）	徳川頼宣を紀伊に封ず	遠江久野に転封	24
元和9年（1623）	将軍職を秀忠から家光へ		
寛永9年（1932）	秀忠没		
寛永12年（1935）	参勤交代制度確立		
寛永17年（1640）		下総関宿藩へ二万石に加増	45
寛永18年（1641）	徳川家綱生まれる		
寛永21年（1644）		駿河田中藩へ五千石加増二万五千石に	49
正保5年（1648）		掛川藩へ三万石に	53
慶安4年（1651）	由比正雪の乱 徳川家光死去　家綱が将軍に		
明暦4年（1658）		10月1日死亡	63

あとがき

私の家のルーツを調べていったとき、北条とのかかわりがいろいろなところから出てきたため、調べたところ、掛川城のお殿様に北条氏重がいることが分かり、さらに調べていくことになりました。調べていくうちに、どうしても情報がないため、たぶんこうだろう、こうなったらいいな、というような思いを込めてこの作品を作り上げました。

北条氏重のおいたちや、藩の変遷は、史実に基づいて話を進めていますが、氏重の家来や藩主としての行動などは、すべて想像で書き上げています。

また、妻の笹姫をはじめ、次の家来の名前や子供の名前も事実ではありません。

氏重の守役の山本安兵衛、家老の並木善衛門、勘定方の笹川藤七、幼馴染の萩田隼人、第一子：あき姫　第二子：鶴姫　第三子：こと姫　第四子：さえ姫　第五子：ちか姫などの名前です。

将来、家来や子供たちの名前が明らかになってきた場合は、修正して読んでいただければ幸いです。

あと、北条氏重が改易になるところは、本文に十分に書かれていませんが、まとめると、そのはじめは、土井利勝と酒井忠勝との確執から始まっています。土井利勝は北条氏重の烏帽子親でもあり氏重を支援してきましたが、酒井忠勝は駿河大納言の処遇を巡り土井利勝と対立します。

その後、北条氏重が、幕府に十分に相談しないで龍華院大猷院の霊廟を建立したことによります。これは、事前に十分な相談をしないで建立したとは考えられませんが、その豪華絢爛さに幕府は驚き、本来なら幕府が建立すべきものと幕閣のほとんどがそう思ったと思われます。そして、最後に幕府に相談もせずに高遠と養子縁組を進めたことが幕閣の者に不快感を与えて、養子縁組が認められなかったと思われます。

私が、書きたかった、殿様と町人とのコミュニケーションの場をもっとリアルに表現したかったのですが思いが至らないところもございます。

しかし、江戸時代初期にこの遠州地方の久野藩や掛川藩の藩主としてこの地の行政をまとめていた北条氏重というお殿様を知っていただけたらと思います。今は、掛川市と袋井市の境の国本に上嶽寺というお寺があります。そこに北条氏重とその妻、および河野作十郎の墓が三基あり、ここにこの3名が眠っています。

著者プロフィール
笹川 俊之（ささがわ　としゆき）

1954年１月、静岡県袋井市生まれ。

静岡県立袋井商業高校を卒業後、1972年４月第一勧業銀行（現みずほ銀行）入行、2003年３月同行を退行。

2003年４月より柏調理師専門学校で調理を学び調理師免許取得。

2004年７月にSUS株式会社入社、監査役、取締役、常勤顧問を経て2024年１月退職。

著書に『未来予想ストーリー　企業の成長編』（パレードブックス）がある。

我らのお殿様　北条氏重

2024年６月１日　初版第１刷発行

著　者　笹川 俊之
発行者　瓜谷 綱延
発行所　株式会社文芸社
〒160-0022 東京都新宿区新宿１－10－１
電話 03-5369-3060（代表）
03-5369-2299（販売）

印刷所　株式会社晃陽社

ISBN978-4-286-25459-3